你的背影我的孤單

雪倫

華文小說
新一代OL心聲
代言人

當你為了追求自己的夢不斷飄泊，
我始終留在原地等候。

只希望有一天，

你停下腳步回過頭，
不會錯過了我。

這個世界上，
沒有分不了手的愛人，
沒有不會結束的戀情，
沒有說不出口的離別，
沒有不會往前走的時間，
也沒有給不了自己的安慰，
更沒有好不了的心痛與傷口，
在他身上，我學到，沒有什麼做不到的事……

——白明怡

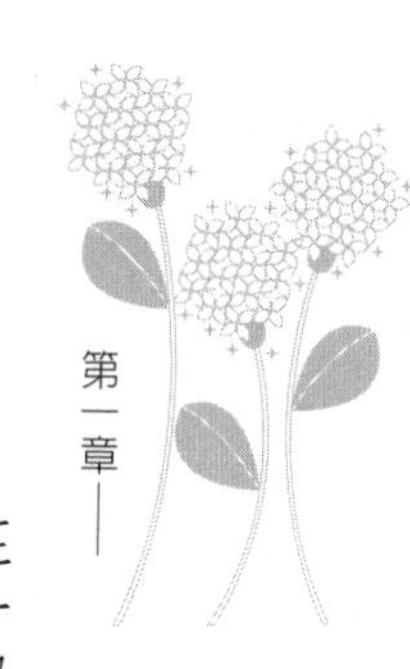

第一章

在一起那麼久了，幹麼不結婚？

「主任！」

一道撒嬌又帶點做作的聲音突然傳到我耳裡，我一抬起頭，就看到小蘋從辦公室門口朝我小碎步飛奔過來。

邊跑，還邊熱切地叫著，「主任、主任、主任、主任、主任——」

通常只要她喊出「主任」超過五次，就一定沒有好事。

她跑過來的十秒間，我坐在位置上，深呼吸一口氣，讓自己迅速做好心理準備。身為上司，處理公事不難，處理人事最難。

「主任！」小蘋跑到我旁邊，又喊了我一次，然後微微皺起眉頭，還咬著下嘴唇，一臉就是準備要來刁難我的神情。

「說吧！」我邊處理客人的郵件，邊假裝輕鬆地回答。

她在一旁扭捏了三秒才緩緩開口，「下個月二十號，我可以排特休嗎？」

又是二十號！

我深深嘆了一口氣，從檔案架上拿出排班表看著。已經有三個人在那天同時排休，那天是七夕情人節，對飯店來說是重大節日，常常得在同一時間服務好幾組客人入住。現在能輪班的只剩下幾個同事，如果小蘋再請特休，那天肯定會忙翻。

看到我面露難色，小蘋拉著我的手，著急地說：「主任，拜託啦！因為我男朋友臨時可以排到假，而且還訂好那天晚上的夜景餐廳，我不想讓他失望啦！拜託！」

我的頭又痛了起來，小蘋再度哀求了一聲，「主任，拜託！」那個「託」字的尾音都要從公司拖到一〇一大樓了。

在特別的日子裡，總是想和心愛的人一起創造特別的回憶，我又何嘗不明白這樣的心情？我完全懂那種內心的期盼和雀躍。雖然平時也能見面，也能一起吃飯，但「情人節」這三個字，是所有人一旦談戀愛就會戴上的緊箍咒，那天不和戀人一起做點什麼就一定會頭痛。

我按了按太陽穴，抬起頭看小蘋一眼，她依然露出殷切的眼神。我再低頭看了一眼排班表，然後拿起鉛筆和橡皮擦開始修改，「小蘋，妳也知道，那天我們一定很忙，原本是禁休的，是老闆體諒大家，才放寬休假標準。再加上已經有三個人排休了，所以妳要休假一整天有點困難。我讓 Angela 上晚班，我會上 all 班，妳得支援到下午三點半，給妳兩個小時回家打扮，應該來得及吧？」

我話一說完，才剛抬起頭，小蘋已經往我臉頰上親了一下，興奮地摟著我，「主任，妳最好了！我最愛妳了，妳最正、妳最美、妳最善良，我會好好工作報答妳！」

「妳不用報答我，我只拜託妳，以後遇到麻煩的客人，不要一轉身就馬上翻白眼。妳不知道我們櫃檯後面的大理石牆壁是會反射的嗎？」每次我一看到她這種舉動，就幾乎被她嚇到全身冒冷汗。算她運氣好，沒有被客人抓到。

小蘋仍然激動地繼續摟著我，「好好好，我答應妳，以後都不翻白眼了。」

誰說男人說謊都不打草稿的？女人才是好嗎？

「妳現在是打算出櫃的意思嗎？」尚昱學長的聲音突然在我們旁邊響起，小蘋嚇了一跳，馬上放開我，對學長不好意思地笑了笑，就趕緊準備逃出去。

小蘋跑出辦公室之前還回頭對我告白，大喊，「主任，我愛妳！」接著一秒消失。

我笑了笑，尚昱學長也笑了。

「妳在公司的人氣居然比我還高。」學長雙手扠腰，開起我的玩笑。他跟我差不多同時間進飯店工作，只是學長在行銷業務部，我在櫃檯部，同一時期進來的同事，不是陣亡就是轉換跑道，只剩下我們兩個相依為命。

「你在依依心裡人氣夠高就好啦！」我笑著回答。

講到依依，我不自覺想起我的室友們。我們的房東樂晴是我大學同班同學，在我遇到爛房東時，好在有她先收留我。後來，樂晴的直屬學長康尚昱也請樂晴收留他的青梅竹馬女朋友依依。接著又有一天，我和依依去吃飯時，在路上撿到立湘，四個人就這樣從大學一直同住到現在，我們任何一個人從來都沒有搬走的念頭。

如果可以，我真的希望可以在那裡住一輩子。

「喔，講到這個，我在她心中應該只能排到第四，前三名就妳、樂晴和立湘佔據了啊。昨天晚上我去家裡吃飯，她幫立湘剝蝦，不幫我剝。她說我有手，但立湘也有手啊！她就說立湘的手是用來畫畫設計，不是用來剝蝦的。但我的手就不是用來賺錢的嗎？我的手也很珍貴啊……」尚昱學長只要一講到依依，馬上就會變成少女，開始猶如大浪滔滔，綿綿不絕地訴說他的苦楚。

但是我不會游泳，總是幾乎要被他的口水淹死。

「學長，你找我有什麼事？」我微笑著，有禮貌地打斷學長的少女情懷。我怕學長再繼續講下去會超過三小時，到時候我只能打電話給依依，請她出動救生艇來救我。

學長這才突然想起他到這裡來的真正目的，「啊！晚上我們約了幾個同事聚餐，妳要一起去嗎？依依也會去喔！」

基本上，我不喜歡任何社交活動，樂晴常笑我和立湘是全世界最孤僻的兩個人。但是，我覺得孤僻才是保護自己最好的方法，不需要向不熟的人說明我的一切，或解釋我的一舉一動。不是我愛搞神祕，而是我不想成為八卦的焦點，我只不過是平凡的人。

所以我很自然地拒絕，「不用了，你們去就好了。」

「可是依依也會去喔！」學長強調。

我微笑著點了點頭，「那你們一起去就好啦！」

「可是依依也會去喔！」學長又強調了一次。

認識十幾年，如果還不知道他用依依來壓我，那我就真的太不上道了。我無奈地嘆了口氣，只能面帶微笑朝他點點頭，「那就一起去吧！」

學長開心地拍了一下手，「Good!」突然問了一句，「對了，敬磊是搭今天的飛機嗎？」

「呃……嗯。」沒想到學長會說起官敬磊，我先是嚇了一跳，才穩定住情緒。

「這次他回來，我去新加坡開會沒有碰到，有點可惜，幫我問候他一下。」

我點了點頭，目送學長離開辦公室。

眼神忍不住望向放在桌上的手機，它依然保持一貫的沉默，就像電力耗盡了一樣，不會發出任何聲音，就像官敬磊每次的離去一樣，完全不聲不響。

我們從來沒有經歷過依依不捨的離別場面，他只會在離去的前一天，抱著我輕鬆地說：「我明天要走囉。」我也只能學他，待在他懷裡輕鬆地表示我聽見了。然後隔天太陽升起，他離開，我上班，強迫自己快速地回到沒有他的生活，不容許自己浪費太多時間去想念和感傷，因為這改變不了官敬磊不在我身旁的事實。

你的背影 我的孤單

官敬磊，一直都是一個離我很遙遠的情人。

遙遠到我似乎不曾真正擁有過他，可是因為我愛他，所以我只能說服自己，只要他願意擁有我，那也就夠了。

可是，真的夠嗎？

為什麼佔據在我心裡的那股巨大空虛感，卻比官敬磊更常擁抱我？

「主任，前檯有人找妳喔！」Jean 站在辦公室門口喊著我的名字，謝謝她把我從一陣無力感裡拉回現實。

我微笑，對她說我知道了，便起身拉了拉坐得有點皺掉的制服套裝，深呼吸一口氣，留下不會有官敬磊來電的手機後，和 Jean 一起離開辦公室。

一走到前檯，就看到我的親姊姊站在大廳。每次看到她落寞的背影，心都像是被人緊緊揪住，好酸好澀，但我只能帶著微笑和她打招呼，因為這個世界上，每個人都有各自要承擔的悲傷。

「姊，妳怎麼來了？」

姊姊轉過頭來，也帶著微笑對我說：「我去買東西，剛好經過妳公司附近，順便帶妳喜歡的咖哩酥給妳吃。」

看著姊姊的笑容，常常覺得好像看到我自己，那個用微笑來掩飾一切的自己。

我和姊姊從小就被父親教育待人要有禮貌，行為舉止要端莊，說話音量不能過高，隨時隨地保持優雅的姿態。小時候只要我們一開心大笑，父親的斥責就會像雷聲一樣嚇得我和姊姊腿軟，於是我們漸漸不敢表達出自己真實的感受。

所有的喜怒哀樂，都藏在這優雅又該死的微笑裡。

接過了姊姊的心意，看著她越來越瘦的身形，我的微笑突然失去了功能，擔心地問她，「姊，妳是不是又比上次見面的時候更瘦了？」

姊姊依然保持著一貫讓人如沐春風的笑容，在那背後不曉得忍下了多少情緒。她假裝若無其事地對我說：「我在減肥啊！我覺得我的大腿再瘦一點會更好。」

不知道四十二公斤的人在跟人家減什麼肥？

我說過，看到姊姊就像看到自己一樣，所以我很清楚，她其實是在糊弄我，我知道她不會說實話，也不打算告訴我實話。

我一直都知道姊姊不快樂，嫁給一個自己不愛的人，她非常不快樂。但姊夫的事，始終是我和姊姊之間不能說出口的祕密，對任何事我們都可以暢所欲言，除了她的婚姻和丈夫，她不願意跟我聊，而我也懦弱地不敢去問。

我很害怕，如果我問姊姊，「妳幸福嗎？」她卻告訴我，「不幸福。」這樣的話，我又能做些什麼？只不過是多提醒了她一次她過得不幸福的事實。

於是，看著不快樂的姊姊，日子就這樣過去；看著無能為力的自己，時間就這樣過去；看著人生裡所有的不滿和挫折，日子也就這樣過去了。而那些不快樂和無能為力，至今仍然沒有改變，也一直無法改變……

「不能再減了，再減下去妳就要被風吹跑了。」總覺得突然變得這麼瘦的姊姊有一點不對勁，又不知道要怎麼說。

姊姊笑了笑，「吹跑了多好，就可以自由啦！」

一說完這句話，姊姊和我的臉色都不禁變僵了。

自由一直是我和姊姊從小到大的渴望，因為父親對我們的管教非常嚴格，每天一下課就要準時到家，假日不可以出門。有一回，假日時我趁父親帶著媽媽和姊姊外出買東西，偷偷溜出門陪同學買參考書，結果一回到家就被父親拿水管毒打。後來請了三天假在家，直到身上傷痕不那麼明顯了才去上課。

我和姊姊的童年，只有那條打不壞的水管，和父親的各種怒吼。

所以我打定主意，一定要考上台北的學校，離開屏東，離開父親的監視範圍。我當然知道父親絕對不會同意讓我念台北的學校，也絕對會斷了我的所有資源，所以我從國三開始，就幫同學寫作業賺錢來存學費。

考大學時，我背著父親偷偷在志願卡上填了台北的學校。當父親知道我錄取的那一天，我又被狠狠呼了兩巴掌。如同我想像的劇本，父親說他絕不會幫我付任何一次學費，但我仍然拿著過去四年我幫同學寫作業存下來的錢，自己一個人到台北念書，沒跟家裡伸過半次手。

原以為上台北就自由了，可是我錯了，父親至今仍然想干涉我的所有生活，尤其是婚姻。他三天兩頭就叫媽媽打電話給我，要我回家去相親。對象不外乎那些和他同樣是退伍軍官的老同事的兒子，或是哪個伯伯介紹的老師，哪個叔叔介紹的有錢第二代。我除了拒絕，還是拒絕。

這一切，讓我覺得好累、好煩躁。

所以我總是羨慕自由自在的官敬磊，我也願意讓他享受我所沒有的自由，讓他去做所有他想做的事。他就像是我的一個夢想，看著自由的他，我在某種程度被救贖，卻又在某個角落佔領寂寞。

我先開口扯開話題，不讓我和姊姊繼續陷在關於自由的尷尬裡，「姊，找一天我們一起吃飯吧！好久沒有一起吃飯了。」

姊姊回復鎮定，點了點頭，「當然好啊！我每天都閒閒在家，妳看什麼時候有空，隨時給我電話。我還要去書局買點東西，我先走囉！那個咖哩酥要趁熱吃，知道嗎？工作別太累了。」

「好，我知道，妳也不要再減肥了，太瘦了。」我說。

姊姊笑了笑，跟我道再見後就轉身離開。她的身影很快就被陽光籠罩，然後消失不見。不知道為什麼，心頭總是有股拋不開的不安，不知道是為了看起來不太ＯＫ的姊姊，還是為了不知道什麼時候才會回到我身邊的官敬磊。

但不管是什麼，現在的我只能拋開這些情緒，回到工作崗位，繼續努力工作。因為這是生活的基礎。

忙碌總是最容易消耗時間的方法，晚上九點一到，我的手機立刻響了。我笑著接了起來，「知道了，再給我一分鐘，我把檔案存好就出去了。」

「很好，超過三十秒，我就會叫康尚昱進去把妳架出來。我們在大廳等妳。」依依的聲音從電話裡傳過來，帶著一點恐嚇意味。

「好。」但我真的沒怕過。

整理好東西，我快速地走到大廳和他們會合，接著學長就載我們到聚餐的地點，是一間日式燒烤店。走進餐廳，大家都已經開始在吃了。記得上一次和大家聚餐好像是一年前了，那時候是老闆請各部門主管一起吃飯，之後我就能躲就躲，不讓自己出現在這樣的場合裡。

才一坐下，人資部主任 Maggie 就馬上對我說：「天啊！是明怡耶，我們有八百年沒有一起吃飯了吧！」

我笑了笑，沒說什麼。

尚昱學長的助理 Andy 也開玩笑地說：「超難得在這種場合看到明怡姊，我每天都只在前檯才會看到她，我都在想，櫃檯部是只有明怡姊嗎？明怡姊比尚昱哥更像工作狂。」

沒辦法，誰叫我擁有最多的東西就是時間。

工作可以解決很多事，可以用來逃避父母親，可以用來解決官敬磊不在的空虛，可以讓我沒有多餘的心力去思考自己的寂寞和孤單，可以讓我麻痺地過著一天又一天，所以我很喜歡工作。

我笑了笑，對學長說：「學長，Andy 好像在抱怨你給他的工作太少了，所以他才會每天都有空可以晃到前檯看到我。」

Andy 馬上哭喪著臉，「明怡姊，妳不要害我，我已經忙到跑掉兩個女朋友了，再這樣下去，我爸真的會抱不到孫子，我真的很想娶老婆……」然後轉身抱著尚昱學長繼續哭訴，「老大，我真的很想娶老婆！」

下一秒隨即被學長嫌棄地推開。

沒有人打算理他，大家開始吃吃喝喝。依依很快地幫我把碗和盤子裝滿，前後不過三十秒，我眼前就是堆成山的食物。我忍不住問她，「請問妳在養豬嗎？」

依依理所當然地點了點頭。

我笑笑，拿起一串烤雞翅打算開始吃。這時放在包包裡的手機突然響了，我直覺轉頭問依依，「妳有告訴樂晴說我們會晚點回去嗎？」

依依嘴裡塞了好大一口烤飯糰，用力地點頭。

那會是誰？這時間會打我手機的不是依依就是樂晴，公司那邊除非有突發狀況才會找我，否則，通常我的手機都比周杰倫唱〈安靜〉還要安靜。這種描述是向樂晴學的，她永遠都有很奇怪的舉例。

我從包包最底層翻出手機，看著來電顯示。

看到是官敬磊來電，我的心胡亂地狂跳了起來，趕緊起身離開包廂，迅速走到餐廳外把電話接起來。

「喂？」我發現自己的聲音有點顫抖，到現在還不敢相信是官敬磊來電。

「下班了嗎？」他的聲音真真實實地從電話另一頭傳過來。

「嗯，剛下班，你怎麼會打電話來？」官敬磊要是人在國外就很少打電話給我，因為我工作是輪班制，加上他多半都在偏遠的地區，所以我們大部分都傳簡訊或寄email，以這兩種方式聯絡對我們來說比較方便。

他輕輕笑了一聲，「其實我是打錯的。」

「嗯，那我先掛電話了。」我說。

「欸！別掛、別掛啦！我開玩笑的啦。我是想跟妳說，明天我要出發到小島上，那裡可能收不到訊號，而且也沒有網路，我不曉得會停留多久。」瞧他把消失說得這麼稀鬆平常，好像去便當店買一份排骨飯一樣。

而我像喝了一杯超濃黑咖啡，冷靜地回答著他，「嗯。」心裡的滋味先酸後苦，苦得我無法再多說一個字。雖然離別的時間佔據了我們戀愛的大多數日子，但我彷彿從來沒有習慣過，每一次都在努力適應，每一次。

「好好照顧自己，好好吃飯，好好休息，知道嗎？有什麼重要的事先和老吳聯絡，他這次沒有跟我上島。」他在電話那頭叮嚀著。

「好，你自己也要注意安全。」我說。

「嗯，我愛妳。」他說。

「嗯。」我也愛你。但這四個字突然卡在我的喉嚨，說不出口。

掛掉電話後，我站在餐廳外，看著人來人往，看著滿城喧囂，不自覺打了陣哆嗦。七月的天氣，我卻突然覺得冷，手冷、腳冷，還有……心冷。

回到座位上，依依看著我問：「是敬磊嗎？」

我點點頭。

坐在我對面的人資部主任 Maggie 一臉好奇地發問，「男朋友啊？想當初妳一進公司多少人在打聽，結果聽尚昱說妳名花有主，公司多少男同事傷心啊。不過，妳和男友不是在一起挺久了嗎？兩個人沒有什麼打算嗎？」

這是世界上最讓我害怕的一個問題。

我深吸一口氣，帶著微笑回答，「目前沒有。」以後也不會有。我和官敬磊從沒有聊過關於我們兩個人一起的未來會是什麼樣子。他只對我說過屬於他自己的未來，那個充滿夢想的未來。

Maggie 不認同地搖了搖頭，「什麼叫目前沒有，妳都幾歲了，三十一了吧！再拖下去，妳很快就三十五了，再貶個眼，妳就要四十歲了。女人只要年紀一大就很吃虧，妳看看男生到了五十歲，再交個二十歲的女朋友，人家都說這叫有能力。可是女人就算才四十，交個小八歲的，就被人家指指點點。妳要趕快叫妳男友把妳娶回家，哪有在一起這麼久了還不結婚的道理？」

我努力保持臉上的微笑，卻因為 Maggie 說的每一句現實，打得我嘴角開始顫抖。依依馬上跳出來幫我緩頰，「談戀愛又不一定要結婚，兩個人在一起開心就好啦！而且每對情侶的進度表本來就不一樣啊！」

說到這種話題，尤其是別人的事，大家都馬上來勁了。祕書室組長 Annie 馬上接著說：「是這樣說沒錯，但情侶在一起超過四年沒結婚，通常到了最後都會分手，這是有經過調查的。所以，如果交往四年了，男朋友還沒有打算結婚的話，當然就要馬上分手。女人的青春是有幾個四年啊？」

尚昱學長也開了口，「哪有這回事，我跟我們家依依在一起十幾年，我們也沒有分手啊！」

Annie 馬上反駁，「可是你和依依有結婚的打算啊！不是嗎？來，明怡我跟妳說，如果是妳男友想結婚，但妳不想，那就另當別論。可是如果是妳男朋友什麼都沒有表示，只是這樣一天過一天，我覺得妳趕快甩了他，找下一個男人還比較快，不是嗎？」

我只能微笑地點點頭。

Maggie 幫我倒了杯清酒，然後很嚴肅地說：「明怡啊！我跟妳說，男人如果真心愛一個女人，是不會讓她等太久的。妳不要像我妹一樣，傻傻等了男朋友五年，結果還是被甩。後來交往的這個男朋友，在一起不到一年就結婚，現在多幸福美滿啊！我也是過來人啊，妳真的要好好想清楚！」

我接過清酒，一口喝下，微笑著回應，「好，我知道，謝謝妳。」

Andy 邊吃沙拉邊對我說：「欸！明怡姊，妳有男友這件事該不會是幌子之類的吧？我來公司少說也三年了，都沒看過妳男友半次，妳男友都不會接送妳上下班嗎？我上次還看到妳自己淋雨往公車站跑去，我有叫妳，可是妳都沒聽到。這種時候，不是應該要叫男朋友來接妳……」

他話還沒有講完，馬上被學長塞了兩塊炸豆腐到他嘴裡，「你懂什麼啊？吃你的東西啦！明天早上九點前把這一季的行銷預算整理出來。」

Andy 好可憐，差點被炸豆腐噎死就算了，還要被學長壓榨。

以為 Andy 住嘴之後我就可以逃過一劫，很可惜沒有，所有的話題依然圍繞在我身上。趕快結婚啊！要不趕快分手啊！我失去了食慾，倒是清酒喝了不少瓶。而依依的右手始終握著我的左手，試圖讓我知道，她在我身旁，我不是自己一個人。

但，我很清楚，我其實一直是一個人。

接受將近兩個小時的轟炸，再加上喝了好幾瓶清酒，一坐上車，我幾乎要昏厥。眼睛一閉上，快要失去意識時，我聽見坐在前座的依依咬牙切齒開始對學長開砲，「你同事今天是怎麼一回事？幹麼一直講明怡的事？嘴都不會痠嗎？」

話講到一半，她突然停住了。然後我聽到衣服摩擦座椅的聲音，我猜她是想確認我睡著了沒有。接著依依放低音量，用氣音對著學長發火，「我真的越聽越生氣耶，你知道嗎？」

依依以為我睡了，可是我沒有。

學長無奈地嘆了口氣，也小聲地說：「明怡難得跟我們聚餐一次，大家都很好奇她的事，就會想跟她聊聊啊！」

「是沒有別的事可以聊嗎？一定要在乎別人的感情嗎？好幾次我都要轉開話題了，結果一下子又把注意力放在明怡身上。我以後都不要參加你同事的聚餐了，以後也不准你再找明怡參加什麼鬼聚餐！」依依越說越憤怒，還氣得按掉了車內的廣播。

車上突然安靜了一陣子。我知道依依捨不得我，但我也覺得被牽扯的學長很無辜，就因為我的感情狀況特殊，連帶身旁的人都變得很敏感，我感到非常抱歉。

「好啦！是我不對，妳不要生氣了，我真的不知道會這樣。想說難得一次聚餐，妳答應要跟我去，我當然也想順便約明怡，妳們有伴比較不會無聊。更何況今天敬磊又出門了，帶明怡出來走走不是很好嗎？」學長邊開車邊解釋著。

學長成功地安撫了依依，依依深呼吸一口氣，無奈地說：「這個官敬磊真的是……」

我坐在後面，依然閉著眼，但也無奈地笑了。

到家之後，依依扶我上樓，學長幫我們兩個人拿包包。一路上我都很清醒，但為了假裝我沒聽見他們說的話，我只好裝作不省人事。

樂晴幫我們開了門，也趕緊走過來扶我，問著依依，「搞什麼啊？怎麼讓明怡喝得那麼醉？」

依依嘆了好大一口氣，「算了，別問了，先扶她進去休息，她今天快被折騰死了。」

樂晴和依依很快地把我扶進房間，幫我脫掉外套和襪子，蓋上棉被後熄燈關門。房間陷入一片漆黑，睜開眼和閉著眼一樣黑暗，就像有官敬磊和沒有官敬磊一樣孤單。

退酒後的涼意，讓我下意識拉緊了被子，忍不住回想，究竟是從什麼時候開始，我對自己和官敬磊的感情產生了疑惑，失去了信心？

但明明十年前不是這樣子的啊！

大三那一年，我在便利商店打工。有一回剛好大夜班的同事離職，為了多賺一點錢，所以我請老闆把我排在大夜班。一開始老闆不同意，認為一個女生上大夜班很危險，但那陣子都徵不到人，只好讓我先值大夜班，老闆說找到人就馬上把我調回來。

上大夜班說不害怕是騙人的，首先樂晴和依依就非常不贊成，但也拿我沒有辦法。樂晴買了一支球棒，依依買了一把機車大鎖，要我放在櫃檯內好保護自己的安全。

半夜客人不多，但半夜的客人和白天的客人差別非常大。白天班遇見的不是學生就是媽媽們，晚班遇見的大多是上班族，大夜班遇見的不是喝醉的醉漢、嚼檳榔的「七逃郎」，就是準備去上班的小姐們，這些人都算是常客。

一開始我非常不習慣，但後來已經可以打電話請醉漢的兒子來接他，知道「七逃郎」抽菸只抽峰，不抽七星，小姐們都會先來店裡買牛奶喝了墊胃，然後告誡我，「妹妹啊！沒有男人是不會亂來的，但是妳要記住一點，只能讓有錢的男人對妳亂來，知道嗎？」

我總是微笑地對這些親切的大姊們點頭。

她們常會告訴我很多現實，後來才發現，從我認識官敬磊的那一刻起，再怎麼現實，也破壞不了我對愛的想像和執著。也就是人家說的，愛情和麵包，寧願被愛噎死，也不要吃麵包撐死。

老闆貼心地告訴我，補完貨，如果店裡沒客人，可以把書拿出來看。某一天，當我在凌晨四點半邊打瞌睡邊讀三民主義時，便利商店門口的鈴聲響了。四個男子走了進來，全身都是油漆和水泥的髒污，他們在飲料櫃前挑選了一陣子，後來拿了四瓶啤酒到櫃檯結帳。

「總共一百一十二元。」我看著他們說。

然後他們四個就站在原地，等待其中某個誰拿錢出來付帳。三秒過去、五秒過去，都沒有人有動作，我重複說了一次，「總共一百一十二元。」

其中一位頭髮長到蓋住眼睛的男生，看起來是四個人裡面年紀最小的。他對其他三個人說：「我沒有帶錢。」

其中身材胖胖臉上戴金屬框眼鏡的男生，感覺脾氣很好，他也同樣笑著說：「我也沒有啊！」

另一個膚色很黑、很瘦的男生，也理所當然地說：「幹，我也沒有啊！」

於是我把視線望向站在最後面的高個子先生。他理著平頭，有張娃娃臉，眉毛很粗、眼睛很大、鼻子很挺、嘴巴很小，穿著白色背心。他扯了扯嘴角，露出不屑的笑容，然後看著站在他前面的那三個人說：「他媽的，我剩五百塊中午我們吃牛肉麵都花光了，現在喝瓶啤酒，還沒有人帶錢！你們好意思嗎？好意思嗎？好意思嗎？」

他邊說一句「好意思嗎」，手就往其中一個人的頭敲下去。

看著這一幕，我只好把櫃檯上的四瓶啤酒收到下面去，坐回椅子上，繼續看我的三民主義。

高個子先生突然走到我前面，露出非常迷人的笑容，「小姐，是這樣的，我們剛好忘了帶錢，可以讓我賒一下帳嗎？」

看到這個笑容，十個女生有九個會被電到，剛好我是例外那個，因為打工做到要死要活的我，窮到只有錢可以電到我。

我低下頭繼續盯著課本，用我的頭頂朝向他，「不行。」

「借賒一下啦，我明天晚上來的時候再一起付啊！」

「不行。」這次我連頭都沒有抬。

其他三個人發現朋友的美男計第一次失效，在旁邊笑到東倒西歪，「靠！看阿磊吃鱉，為什麼心裡有種莫名的爽快！」

「真的，哈哈哈哈哈，昨天還比我們多喝一杯珍奶，想不到有今天這種下場。」

他不死心，繼續問：「為什麼不行？」

他的問題讓我瞬間愣住，課本裡的字變得模糊。他怎麼會這麼理所當然地問我「為什麼不行」？這種買東西要帶錢的生活常識，他不知道嗎？難道人家問他上廁所為什麼不擦屁股，他還要問人家為什麼要擦嗎？

我抬起頭看他，然後拿起一旁的紙跟筆，快速地寫下一串號碼，「如果你有問題，請你打我們老闆的電話，但可能要麻煩你在外面等到早上八點過後再打，他沒有那麼早起床，謝謝。」

接下來把紙條遞到他面前。

他接了過去，帶著笑容看我。但我沒有興趣多看他兩眼，把視線再放回三民主義課本上。越想就越火大，到底為什麼餐飲科要讀三民主義？還要考試就算了，居然還是申論題！

高個子娃娃臉男生不曉得是什麼時候想開了，決定放棄賒帳。但從那天開始，每天凌晨四點半，就會看到他們四個人到店裡買啤酒，然後坐在外面的楷梯上喝。其他三個人是邊喝邊打鬧，倒是那個高個子娃娃臉總是一臉心事地看著遠方，學校裡的男同學在耍帥時也都是這樣。

後來，有一天，我中午上完課，一回家就接到老闆的電話，說早班的工讀生突然腸胃炎，問我能不能去幫忙支援。於是，我快速地換好衣服搭公車上班。在便利商店附近下了車，經過資源回收的老爺爺家時，看到那四個人在裡面幫忙。高個子娃娃臉正在幫爺爺釘櫃子，他突然抬起頭，和我對上眼，給了我一個微笑。我很快收回眼神，跑進便利商店。

老闆看到我來，好像得救了一樣，「明怡，還好妳可以來幫忙，我老婆回越南，我還要照顧兩個小的，都快忙死了，今天差點沒辦法營業。」

我笑了笑，對老闆說：「老闆，你去忙你的，這裡我來就可以了。」

「好，那就麻煩妳了。對了，儲藏室裡我拆了一堆紙箱，還有一些可以回收的盒子，等等我會去叫伯伯過來收，妳不用特別搬出去，有幾個年輕人會幫忙伯伯，讓他們直接進來搬就好。」老闆邊說邊脫掉制服背心，準備離開。

我突然非常好奇，忍不住問老闆，「那些年輕人是老爺爺的親戚嗎？」

「不是啦！他們四個好像是最近剛搬來附近的，我是不知道他們在做什麼啦！不過那四個年輕人還滿善良，前一陣子才去幫後面獨居的婆婆整理房子。很厲害耶，四個人自己補牆壁、粉刷有的沒的，我本來還以為他們是混混。」

這答案還滿出乎我意料的。

老闆拿了自己的包包，離開便利商店前對我說：「對了，妳今天上到十點就好，不要再接大夜班，妳還要上課，這樣太累了，早點回去休息也才有公車搭。我這兩天會再請我朋友的兒子來幫我顧，謝謝妳啦，明怡。」

老闆離開後，我開始工作。但不知道為什麼，高個子的娃娃臉時常從我腦海裡跳出來。尤其是剛剛我們對視時他的眼神，不斷出現在乖乖上、出現在純喫茶上、出現在肉包上。一直到我交接完今天的工作，走在回家的路上，他的眼神還是一直在我眼前揮之不去。

我嘆了口氣，發現一定是自己肚子太餓的關係。從早上吃完早餐，直到現在晚上十點半我幾乎都沒有進食。於是我往前走，決定好好犒賞自己一番，到了牛肉麵店裡叫了牛肉湯麵，還有五顆水餃。

吃得正開心，高個子娃娃臉竟突然出現，還在我旁邊坐下。我把水餃塞進我的嘴裡，眼睛盯著他，他也看著我，給我了一個微笑。我差點嗆到，沒有理他，回過頭繼續吃我的東西。

他沒有找我說話，只是坐在旁邊。過了五分鐘，他的牛肉麵上來了，熱情地跟老闆娘寒暄了幾句，老闆娘馬上又端來滷牛肚和滷牛腱招待。只能說這個人真的到哪都很吃得開。

他把牛肚和牛腱推到我面前，笑著對我說：「一起吃。」

我搖了搖頭，用最快的速度解決掉自己的食物。沒想到他比我更快，我們同時付了錢，同時走出店外。我故意走得很慢，讓他走在我前面，我看著他白色的T恤後面髒了一塊，褲管上還有些木屑，但他一點都不在意的樣子，很自在地哼著歌。

看著他的背影，不知道為什麼，我總是很想嘆氣。

突然，他的腳步停住了，走在他後面五公尺的我也停住了。他面前站了個西裝筆挺的中年男子，兩個人一開口就吵起來，聲音非常大，但我不知道他們在吵什麼，一句也聽不明白。高個子娃娃臉突然轉身，我們的眼神再一次對視，當下我完全不知所措。

中年男子突然抓住高個子娃娃臉的手。他臉上沒有了笑容，神情很憤怒地用力的甩開中年男子的手，往我這個方向走來。我才想閃開讓他過去，他已經二話不說牽起我的手，拉著我走，越走越快、越走越遠。

直到我從驚慌中回過神來，才意識到自己被一個陌生人牽手走了那麼遠的一段路。我甩開他的手，然後我們都停下腳步。我難得失去冷靜，高分貝地問著他，「你沒事拉我走幹麼？」

原本表情很凝重的他，馬上又露出笑容，翻臉比翻書還快。他笑著說：「我也不知道，就是直覺地拉了啊！不然妳要繼續站在那裡嗎？」

「我不會繼續站在那裡，因為我要回家！」我難得大吼，下一秒才想到我要回家的事。看了手上的錶一眼，居然已經十二點半了，錯過了回家最末班公車的時間，想到要再花錢搭計程車，我心都痛了。

結果他只淡淡回了我一句，「是喔。」

不然呢？

我不想理他，轉身往回走，決定步行回家。反正剛吃飽，很有體力，能夠省多少是多少。畢竟我總是交完一學期的學費就要開始準備下一學期的學費，寧願沒錢念書，也不會跟父親開口要。

他馬上走到我旁邊，「我送妳回去。」

「不用。」我連看都不看他，直接拒絕。

但他依然跟著我，走在我旁邊，十分鐘、二十分鐘、三十分鐘過去，我們都沒有任何的對話。一直走到家附近，我正打算開口叫他離開時，他卻早我一步開口說：「剛才那人是我爸。」

我停下腳步看他，不明白他為什麼要告訴我這件事，和我一點關係也沒有不是嗎？

他也停了下來看我一眼，但沒有打算停下這個話題，繼續說：「他很有錢，卻連自己父親的喪事都沒有過問……」

我對別人的私事不感興趣，就像我也希望別人對我的事不要過度關心，那會讓我壓力很大。所以我開口阻止他，「停！我不想知道，你可以不用告訴我。」

我話一說完，就看到他的眼睛裡好像閃過一道祈求我聽下去的眼神，隨即又恢復平常。即使只有一秒，我也能感受那眼神裡的求救訊息，似乎釋放了他一直以來心中的壓抑。

突然覺得，我們好相像，都好會假裝。

他再次把面具戴好，對我露出了微笑，恢復到那副厚臉皮的模樣，沒有理會我的拒絕，他開始對我交代他的祖宗十八代，說他父親的事、他母親的事、他爺爺的事、他妹妹的事，還有他自己的事。

可是我居然沒有叫他閉嘴，乖乖地走在他旁邊，聽著他說的每一句話，和發生在他身上的每一件事。不知道我們在家附近繞了幾圈，也不知道我們走了多久，只知道從那天開始，我和他就緊緊地牽扯在一起。

一年、兩年，不知不覺來到了十年。

我躺在床上，狠狠地嘆了口氣，不知道未來的十年，我們會變得怎麼樣？

「未來」這兩個字，凍得我一整個晚上失眠，我只能綣縮在床的一角，等待太陽出現。

只是，再強再亮的陽光仍有照不到的陰暗角落，除非你自己就是陽光。

第二章

不結婚的女人，還算是女人嗎？

以前，總覺得未來還好遠，日子隨便胡亂地過。一轉眼，竟然就來到讓你認清現實的這一天，才發現未來已經來到自己面前，逼得自己驚慌失措，搞得自己坐立難安，但又無計可施。我該拿未來怎麼辦？

當我越靠近未來，卻越抓不住未來。

失眠對我來說是家常便飯，當官敬磊告訴我，說他決定投身志工行列時，那時我是多麼為他驕傲。看著他往全台灣偏遠地區跑，最後還拿到國際志工的證照，變成全世界不停地飛，我總會在他要離開我的那一天習慣性地失眠。

因為太想念他的樣子，所以努力地想著他的臉；因為太想念他的聲音，所以不停地想著他對我說過的每一句話；因為太想念他的一切，所以每天都要複習我們曾經擁有過的記憶。

十年很長，但他真正在我身旁的時間短到讓我不敢去計算，我害怕現實會逼得自己崩潰。

他曾經到尼泊爾一整年，那一年裡我們只通過三次電話。也曾經到肯亞兩年，期間只回來過台灣一次，四天又十八個小時。其他無數次的飛行，他去過的無數個國家，他停留的無數時間，我已經記不住。

一開始，依依和樂晴還常跟我開玩笑，說什麼我是「現代王寶釧」、「進階版牛郎織女」，還有「二十一世紀最後一位忠貞聖女」。可是當我和官敬磊分開的次數和時間越來越多，她們反而比我更笑不出來了。看著我和官敬磊的戀情，她們比我這個當事人更加無奈。

我知道，她們其實很想問我要不要為自己好好考慮一下。

但她們什麼也沒有多說，因為，她們知道我對官敬磊的牽掛有多深。而我自己也不知道我竟會如此深愛官敬磊，比起永遠失去他，那我寧願先失去我自己。聽起來很傻對嗎？我卻覺得這不是傻，是愛一個人的妥協。

失眠的這個晚上過去，我昏沉沉地坐起身，身上的襯衫已經皺到不行。我努力下床站了起來，一股暈眩感從腳底衝上頭頂，眼前突然暗了一下。再張開眼時，覺得頭痛到快爆炸了。

全身無力地走出房間，打算到廚房喝杯水，一開門，就看到立湘坐在客廳看電視新聞。她聽到我開門的聲音，轉過頭來看我，對我指著桌上的水還有藥丸。我笑了笑，走到她旁邊坐下，然後拿起藥丸和水一口吞下。立湘問我，「需要幫妳按一下百會穴、太陽穴還是行間穴嗎？」

我搖搖頭。

依依、樂晴還有我，我們三個人只要喝太多，隔天頭都會爆痛。立湘不愛喝酒，因為她覺得不能控制自己是很可怕的事，所以她的角色常會淪為司機或按摩師。

樂晴剛好從廚房走出來，看到我已經起床，嚇了好大一跳，「欸，才七點耶，妳不是十點才上班嗎？」

我對她笑了笑，「就是醒了。」我也很想睡啊！對一個失眠的人來說，最想做的事永遠都是好好睡一覺。

「藥吃了沒？」她繼續問。

我點了點頭，她給了我一個很滿意的微笑後，走到大門口把門打開。孫大勇就站在門外，還拉著行李箱，滿臉憔悴。正常來說，看到自己男朋友一下飛機馬上風塵僕僕趕來和自己見面，應該衝上前去給他一個擁抱才對。

但樂晴直接戳了孫大勇的額頭，很不客氣地對他說：「我是不是叫你直接回家嗎？坐了十五個小時飛機，還來這裡幹麼、幹麼、幹麼！」邊說一次幹麼，手指就狠狠地往大勇的額頭戳去。

孫大勇摸著紅通通的額頭，可憐地說：「因為我想吃完早餐再回家睡啊！」這時候如果說：「因為我想看妳一眼再回家睡覺。」不就能憾動人心，浪漫指數百分百了嗎？可惜孫大勇很會打電動，但不會什麼甜言蜜語，當然又白白挨了樂晴好幾下，才讓他進門。

孫大勇一走進來，馬上癱在三人座的沙發上，然後對著我和立湘揮揮手打招呼。我對他笑笑，丟了個抱枕給他，讓他躺得舒適一點。他感動地看著我說：「明怡真好，溫柔又有女人味。」

樂晴在廚房聽到這句話，聲音馬上從廚房傳出來，「對，我不溫柔又沒有女人味，還整身都是油煙味，都不知道是誰一下飛機就馬上傳訊息 order 一堆菜單，什麼水波蛋、什麼鮪魚起司鬆餅、什麼海產粥，老娘這麼辛苦是為了誰？」

孫大勇馬上從沙發跳起來，朝廚房的方向跪下，大聲地往廚房的方向吶喊，「我錯了，已經跪下。」再對我跟立湘使眼色。

我笑了笑，大聲說：「我作證。」立湘的眼睛沒有從電視新聞移開，也直接說：「我也作證。」雖然這種情景幾乎每天都會發生，我還是覺得很好笑，而且好羨慕這樣單純的鬥嘴，平凡又幸福。

這樣的情景，幾乎不曾發生在我和官敬磊之間。

聽到廚房裡繼續傳出做菜的聲音，孫大勇才又癱回沙發上，不到三秒又彈起來，跑到玄關那裡翻自己的行李箱，然後拿了大一包東西給我。我疑惑地看著他，他開口說：「這是敬磊交代的，他知道我這次帶團去義大利，叫我幫忙買鞋。他說妳工作要常常站又要走來走去，可是妳都買便宜的鞋子……反正就是要送妳的啦！」

我接過來，拆開一看，裡面有一雙要花掉我一個半月薪水的名牌鞋。我看著手上的鞋子，百感交集。比起感動，更多的是不捨，我捨不得他用微薄的收入買這麼貴的鞋子，因為我知道他做的事有多辛苦。

「很感動吧！我還硬是跟在女團員後面，拜託她們給我意見，還請她們喝飲料。我難得這麼用心，居然還不是買給樂晴的，哈哈哈！」孫大勇笑到一半馬上停住，臉上表情又開始扭曲，因為樂晴剛好從廚房走了出來。

「你不用對我用這種心，我又不穿高跟鞋，你只要把你的電動給戒了，我就會很感動了。」樂晴走到我旁邊。

孫大勇繼續癱回沙發上裝死。

樂晴瞪了他一眼，轉過頭俏皮地對我說：「難得想稱讚官敬磊一下。妳鞋櫃那兩雙高跟鞋修了好幾次，真的拜託可以丟掉了！」

我笑了笑，點點頭。

但我知道我不會穿，因為我不曉得該用什麼心情穿它。

把鞋拿回房間收好，我快速地洗了個澡，吹乾頭髮，換上乾淨的衣服，將自己調整到準備上工的狀態裡。走出房門，看見孫大勇拿著碗在沙發上睡著了，樂晴和依依在餐桌前吃早餐。

依依一看到我，馬上對我招手，「明怡，快過來吃早餐，樂晴的新料理，翡翠魚生粥，超好吃，我吃第二碗了。」

我微笑著走了過去，樂晴快速地把放在一旁的粥推到我面前，「我剛才盛起來放了一會兒，比較涼了，妳趕快吃。」

「頭還會痛嗎？如果很不舒服，要不要叫康尚昱幫妳請假？」依依看著我繼續問。

「不用，我很好。」我笑著搖搖頭，拿起湯匙開始喝粥。

接下來的時間，我們三個人幾乎沒有對話，我知道她們想問，經過昨天晚上的事，我的心情有沒有受影響，但她們知道，我的答案永遠只會是，「沒事，我很好。」所以誰都沒開口。

然而不管是誰，不管有沒有事，其實我們都必須努力讓自己很好。

快速地喝完粥，到巷口買了杯咖啡，搭上固定路線的公車，準時到公司打卡、換制服。日子就是這樣平凡無奇，卻又充滿大大小小的挫折。當你以為忍耐到達極限，才發現自己的忍耐力根本沒有上限。

換好衣服，我從辦公室走到前檯時，意外地看到父親和母親正坐在大廳裡四處張望。我還在驚訝中，父親和母親已轉過頭來和我四目相交。快速地收拾心情，我馬上走到他們面前問母親，「媽，你們上來怎麼沒有先說一聲？」

母親還來不及回答，父親馬上用著我童年非常畏懼的聲音，再搭配上他一貫輕視的語氣說：「我上來參加好朋友兒子的婚禮，需要先跟妳報告嗎？人家比妳小兩歲都已經結婚了，妳看看妳還在幹麼？每天只會工作，女人不需要多會工作，找個好人家結婚，才是一個女人真正要做的事。」

我不想反駁父親，因為有些根深蒂固的觀念深植在父親的血肉當中，推翻不了，也改變不了，唯一能讓自己好過的，就是假裝沒有聽到，假裝戈巴契夫頭髮最長，假裝海珊最不愛打仗，假裝世界和平。

這樣，才能平安無事落幕。

「那你們在這裡坐一下，我要先去工作了。」我微笑，看著母親說。

父親馬上喝斥我，「哪有把父母晾在這裡的道理？妳等一下就和我們一起去參加喜宴！」

萬不得已把眼神放到父親的臉上，盡量讓自己看起來並不生氣，還要非常平靜。我開了口對父親說：「爸，我今天工作很多，沒辦法陪你參加喜宴。」

「叫妳上司出來跟我說，如果他有意見，我順便幫妳把工作辭了，妳就直接跟我回屏東，趕快給我結婚。」父親從以前到現在完全沒有變過，依然展現他的極權，想控制我的生活。

我在心裡冷笑了好幾回合，當我準備離開屏東的那一刻起，我就已經不再活在他的手掌心，他現在卻還天真地認為他可以安排我的一切。

母親一看到父親生氣，馬上跳出來緩頰，「好啦，女兒就是做服務業的，怎麼能說放下工作就放下，不都是輪班的嗎？我們自己去吃喜酒就好了，不要為難她了。」

父親更生氣地對母親吼，「妳說這是什麼話！就怪妳肚皮不爭氣，生不出個兒子，要是生兒子多好，也跟我一樣當軍官多威風，肯定不會像這兩個女兒這麼不像樣，妳還好意思站出來說話！妳這女人……」

沒有生出兒子是母親心中的痛，一輩子被父親侮辱的痛。

母親是非常傳統的台灣女性，她很認命，做的永遠比說的多，因為家裡沒有她說話的餘地，總是只能在一旁看著我和姊姊挨罵。只要她一插手，馬上就被父親傷得體無完膚。對我和姊姊而言，與母親的關係很近但也很遠。

父親的音量引來不少的目光。今天如果沒有答應他，以他一向目中無人的作風，我知道他絕對會在大廳裡大吼大叫著要找我的主管。我沒有打算在公司裡多製造一個我的八卦，供人茶餘飯後談論。

我打斷父親的話，「我去跟公司報備一下，等等過來。」

父親看著我，閉上了嘴，臉上的怒意緩和了一些。母親則是坐在一旁，低著頭，眼神放在自己的腳上。我在心裡嘆了好大一口氣，走回辦公室，跟我的上司 May 姊請了三個小時的假。

May 姊笑了笑看著我說：「妳要不要乾脆請假一整天，妳知道妳累積了多少休假嗎？那天阿 Ben 在看職員出勤狀況，看到妳的工作時數跟待休的假，嚇到下巴都要掉下來了，他問我：明怡都沒有生活娛樂嗎？」

「沒什麼事啊，休假也不知道要幹麼。」我回答 May 姊。

「出去走走啊！像我一年一定會請兩次長假，一次全家旅行，另一次是只有我跟老公的小蜜月。工作是很重要，但更重要的是生活，知道嗎？」May 姊是從我一進公司就帶著我的主管，現在是我們部門的經理。她經歷過職業婦女最難熬的階段，我進公司時，她的小孩剛上幼稚園，到現在已經國中一年級。老公曾經要她辭掉工作，專心當家庭主婦，但她認為女人要有自己的工作，才能夠平衡家庭生活，所以不停地跟老公溝通磨合，直到目前，生活可以算是最完美的狀態。

我點了點頭，我知道生活很重要，但重點是，現在我的生活中只有工作了。

「算了啦，妳每次點頭都只是讓我開心的，妳就去忙妳的事，如果真有需要，妳就直接休一整天，回家好好睡個覺也很好。」不愧是看著我成長的 May 姊，真的非常了解我。

去換下制服後，我穿上今天出門時穿的衣服，就到大廳和父母親會合。

父親一看到我的黑色 V 領短袖針織衫和牛仔褲，再加上金色平底鞋，馬上又發火，

「我有沒有說過，女生要有女生的樣子，要穿得端莊得體，看看妳這件衣服領口這麼低，還穿牛仔褲，成什麼體統？妳是想讓人家覺得我們家沒有家教嗎？」

我想，父親應該是一到台北就馬上坐計程車來這裡，所以沒有看到路上其他女生的穿著，他如果看到滿街爆乳和超短熱褲，大概會氣到腦中風吧！

「如果現在再回去換衣服，可能要一個小時。」我淡淡地說。

父親瞪著我，憤怒地拍了一下椅子的把手，接著站起身往宴會廳的方向走。母親跟在他身後，亦步亦趨，我看著他的背影，猜想他拍了那一下，手應該滿痛的，畢竟那椅子是高級柚木。

雖然得和父親相處兩個小時讓人非常痛苦，但只要兩個小時，吃吃喝喝，不用有太多的交談就可以撐過，然後完美地結束這一切，各自解散。這樣想，才讓我的壞心情稍稍釋懷了一點。

但我完全沒有料到，走進宴會廳才是真正惡夢的開始，我成了父親手裡的商品，被他帶著四處介紹。

「這是我小女兒，今年三十一歲，現在單身，如果有好的對象，再麻煩幫我們介紹一下啊！」父親笑著對每位認識的朋友推銷。

幾度想轉身就走，但我依然帶著微笑，禮貌地和各位伯父伯母、叔叔阿姨打招呼，接受他們眼神的打量，他們也盡其所能地對我品頭論足。我假笑到嘴角都在顫抖，雙手也氣到發抖。

好不容易熬到要開席了，我們準備入座前，父親遇到了和他同期退伍的朋友，開心地聊著，再一次開啟我的徵婚廣告。

「老劉，這我小女兒，小時候見過的。」父親指指我。

我像是裝了電池一樣，馬上面帶微笑開口，「劉伯伯好。」

「好好好！小時候就很漂亮了，現在更漂亮啊！」劉伯伯笑笑地說場面話。

父親不改嫌棄自己女兒的習性，「漂亮有什麼用？看看都三十一歲了，現在還是單身，也不結婚。要我說，還是兒子好，像你這麼有福氣，生了三個都兒子多好。」

「哪的話，我老婆原本第三胎是想拚個女兒，誰曉得還是兒子，哭了兩天啊！要我說，女兒才貼心，像我們家老大、老二結婚了，都聽老婆的話，住國外的住國外，搬出去的搬出去，一年見不到兩次。我老婆和朋友去旅行了，還得拜託老三陪我來喝喜酒。才剛走進來，又馬上出去講電話了。」劉伯伯的表情，看起來真的很不滿意兒子。

父親笑著問：「老三結婚了嗎？」

劉伯伯搖搖頭，「還沒呢，現在自己開公司，忙得很，說沒有時間交女朋友啊……」說到一半，劉伯伯對著我們後頭揮手，「我們家老三來了！」

接著，就看到一位非常斯文高䠷，穿著灰色條紋西裝的男子走到我們面前。劉伯伯對他說：「叫白伯伯、白伯母，這位是明怡。」

他客氣地對我們打招呼，但我的眼神根本沒有時間放在他身上。我看到父親的臉表現得非常興奮，我知道他在盤算什麼。

是的，我和這位老三……雖然他剛剛介紹過自己的名字，可是我完全沒有心情聽，他被安排坐在我右手邊，我們在喜宴上開始相親。老三開始說起他的創業理想和過程，我在吃大拚盤；開始說起他理想對象，我在吃燒鵝和明蝦；開始說起他未來想要幾個小孩，我在吃紅蟳米糕。

父親對我的表現非常不滿意，又只能在旁一直陪笑。

老三花了一個小時講完他人生過程，開始詢問我的人生歷練。

「明怡小姐長得這麼漂亮，不像是會單身的人啊！」他笑著說。

我對他笑了笑，挾了塊干貝塞到嘴裡。果然我們飯店主廚是最棒的，干貝鮮甜多汁又香嫩。

父親馬上代我回答，「我們家明怡很乖，不亂來的，還沒有交過男朋友。她眼光很高的，得像你這種有前途又優秀的年青人才配得上她啊！」

如果父親知道我有個交往十年的男朋友，而且他每次回台灣時我都在他家跟他同居，不知道會不會氣到打死我。

「這樣啊，很好啊！現在很多女生滿亂的，像明怡小姐這麼自愛的人真的很少。」

老三看著我，表情非常認同地說。

大我兩歲的人，居然會相信這種鬼話。

我覺得非常不可思議，倒了杯果汁正想喝，父親又補了一句，「互相留個電話嘛，這樣比較方便聯絡啊！而且我們兩個老的都在屏東，如果在台北有人可以幫我們照顧明怡，那就更好啦！」

這句話，真的快讓我連昨天晚上吃的燒烤都要吐出來了。不要說我在台北，就算那時候在屏東，父親也沒有照顧過我們好嗎？他從來沒有出席過我跟姊姊人生任何的重要場合，要求我們的只有成績，和表現出他理想中女孩的樣子，母親還得看著他的臉色來照顧我們。

比他們照顧我更多的樂晴、依依和立湘，父親從來沒有正眼看過她們，他覺得樂晴的父母太早過世，個性一定有缺陷；依依的母親是小三，一定會帶壞我；立湘不愛講話，非常沒有教養。

我到台北生活之後，和父母親見面的機會非常少。父親很氣我擅自決定到台北，除了安排姊姊結婚的那次專程到台北警告我要參加婚禮，大學四年根本不曾主動來看過我。現在我也因為工作關係，過年過節有了很好的藉口不用回家。

他去過一次我住的地方，從頭嫌到尾，嫌屋子太小太舊。之後他們上台北就只住姊姊那邊，其他時候，就是父親想到打電話來吼我，要我回屏東結婚。

現在好意思說「照顧」兩個字？

我馬上推翻父親的建議，對老三說：「不好意思，因為我工作時間通常都不會帶手機在身上，建議你直接打公司的電話，可能會比較容易找到我。」

父親的臉一秒垮了下來。

倒是老三不介意，還很親切地回應，「這樣啊，好啊！那我就打妳公司電話就好了，而且我們公司也離這裡很近。」

我給了老三一個感激的微笑。

但老三卻接著說：「明怡小姐，如果有空的話，等一下要不要去喝杯咖啡？我朋友在附近開了一間咖啡館，咖啡豆都是他精心挑選過的，品質很好，整個裝潢和氣氛也很不錯……」

「下次吧！我等等還得上班。」沒等老三說完，我直接拒絕。

「這樣啊，好吧！」老三很紳士地接受了我的反應。

倒是父親，我知道他已經氣得想好好修理我一番。喜宴結束散場時，他戴上面具跟認識的朋友打完招呼，再勾著老三的肩膀親切地說：「有空記得找我們明怡出去走走啊！她在台北沒什麼朋友。」

老三用力點點頭，「一定一定。」

等到所有寒暄告一段落，我也準備回去工作時，父親還是沒有打算放過我，就在大廳電梯旁的小角落開始對我大吼起來，「妳在搞什麼鬼？幫妳介紹對象還一副要理不理的樣子，妳都沒有想過自己都幾歲了，是打算一輩子當老姑婆嗎？」

我忍住，不想和父親起爭執，三十一年來，唯一一次爭執，就是我決定到台北念書那次。

「看看妳姊姊嫁得多好，當初要不是我讓她嫁給醫生，她現在能住豪宅？她現在能開名車？她現在可以享受榮華富貴？妳如果聽我的話，現在就不會只是個幫人家訂房間的櫃檯小姐而已！是覺得自己的工作多高尚？」雖然我知道父親從來不會留餘地給我，我也不在乎，但我最受不了的是他竟然好意思拿姊姊出來說嘴。

他眼裡看到的只有錢、豪宅、名車，看不見姊姊有多不快樂！

「就算我真的嫁不出去變成老姑婆，我也能做著你看不起的櫃檯小姐工作，養活我自己。我不需要豪宅，也不需要多有錢，你不用替我擔心。」我極力壓抑自己的怒氣，試著用冷靜的語氣回應，我不想在同事來來往往的地方發生什麼衝突。

但我忘了，父親是個根本不看場合的人，他已經氣到伸手想要呼我巴掌。我也打算閉上眼睛，就像小時候一樣，挨著火辣辣的一下，痛一下就沒事了。

結果尚昱學長的聲音傳了過來，「明怡，妳在這裡啊？」

我緩緩張開眼睛，看見父親把手甩到身後。學長跑到我旁邊，一臉焦急地先朝父親和母親打招呼，「白伯伯好、白伯母好！」父親把臉別到一旁，他一向不喜歡我身邊的任何一個人，母親則是給學長一個感激的笑容。

接著學長轉過頭對我說：「那個一四四四號房的日本田中先生在貴賓室等妳很久了，他說跟妳有約。」說完，還眨了一下眼睛。

我很識相地陪他演戲，「啊，我都忘了，我馬上過去。」然後告訴母親，「媽，我要先去忙了，如果你們要去姊姊家，門口可以幫你們叫計程車。」母親露出錯綜複雜的表情對我點了點頭。

我知道母親的無能與為難，我不曾埋怨她，因為她受的傷，我也幫不上忙。

回到辦公室，我換好制服，從包包裡拿出手機，正打算傳個訊息感謝學長的幫忙時，手機鈴聲突然響起來。來電沒有顯示號碼，我疑惑地按下接聽鍵，電話另一端傳來官敬磊的聲音。

「是我。」他說。

這兩個字，讓剛經歷一場鬧劇的我，心情得到一點點平復。

「不是說在島上收訊不好？」我想起他昨天說的，我以為我可能又要再一個月，甚至更久之後才能聽到他的聲音。

他低沉又開朗的笑聲傳到我耳裡，「來了個德國人，他說他改造過的手機，就算沒有訊號都能撥，當然馬上拿來用啊！本來想打給郭雪芙的，但我的腦子只記得住妳的手機號碼。」

「那要不要幫你轉給雪芙？」我也開玩笑地說。

「不用，謝謝，我只想聽妳的聲音。」他正經地回答我。

我也是，我也好想聽你的聲音，「你東西不要亂吃，一定要煮熟，而且你明明就有懼高症，不要再爬到高處修屋頂了，上次老吳跟我說你卡在屋頂腳軟，這樣很危險。還有，你不要讓自己太累了。」我又忍不住開始叮嚀他。每次回來身上都有新傷口。

他笑了笑，「每次出國最累的就是跟妳分開啊！」

「那你不要出去啦，找別的工作做。」我不知道我怎麼了，十年來，第一次這麼直接地把心裡的話講了出來。

官敬磊在電話那頭愣住了，不知道怎麼回答我。我也被自己說的話嚇了好大一跳，一定是父親來台北，讓我整個人都不對勁了，我們之間第一次沉默了這麼久。

他會走志工這條路，是受到爺爺的影響。他在台灣出生，五歲時全家移民到加拿大。十歲時，他跟著媽媽去抓爸爸的姦，爸爸的外遇對象是公司的女員工。從那天之後，爸媽每天吵架，媽媽生氣地拿花瓶亂砸，他被玻璃碎片劃到，在臉上和身上留下了一些疤。後來媽媽甚至得了憂鬱症，在他十六歲那年，因為胃癌過世了。

媽媽的喪事一處理完，爸爸就馬上帶了新媽媽還有一個三歲的妹妹回來家裡。他不想和新媽媽一起生活，於是變得叛逆。爸爸受不了他，就把他丟回台灣爺爺家。爺爺常帶著他做善事，幫助別人，而且常告訴他，「也許你做不到的事情很多，但幫助人這件事，只要你願意，只要你動手，就一定做得到。」

他把這番話隨時放在心上。或許官敬磊看起來很糟糕，不修邊幅、沒有存款，只有一間租來的小套房，我卻覺得，他在我眼裡比任何一個人都帥氣。

從小看著媽媽從憂鬱症到過世，他卻幫不上忙，這點在他心裡產生了很大的影響，所以後來官敬磊在幫助別人、讓別人得到希望這件事情上獲得了成就感，這對他來說似乎能夠彌補心裡面某部分的缺憾，生活開始有了新的意義。

遺憾的是，幾年後爺爺過世了，當他打電話通知父親，父親只匯了一筆錢，要官敬磊幫忙處理後事，因為他父親得飛到德國還有比利時開會。於是他告訴自己，這輩子不會原諒父親的殘忍。

但他父親的殘忍又何止這樣，爺爺的喪事一結束，他就要求官敬磊馬上回加拿大。官敬磊不肯，他便回到台灣，把爺爺留下來的房子賣掉，讓官敬磊沒有地方可以住。不過，這只讓官敬磊打定主意不回去。他先去當兵，一年多後退伍，就在我當時打工的便利商店附近租了間套房，接點翻譯的案子，偶爾再和同梯退伍的老吳、蓋文和阿財去幫助別人。

這些事，是在那一次他送我回家時告訴我的。

所以，我才覺得壓抑的他和我是同一類人。

所以，我才會深深的愛上這個和我一樣的人，才會如此疼惜這個和我一樣的人，而願意讓這個和我一樣想掙開束縛的人放手去飛，讓他安心地去看我看不見的世界。

所以，我不該對他說出那樣子的話，明明知道這份工作對他來說具有特殊意義，那當中包含了對媽媽的愧疚、對爺爺的懷念，以及對父親至今依然持續的抗議。

我再次拿出剛剛演戲的熱忱，想打破這樣的沉默，「我開玩笑的啦！」

他才釋懷地在電話另一頭笑了出來，「對了，妳今天有穿新鞋子嗎？」

「有。」我說了謊。

「好穿嗎？」他問。

「嗯，好穿。」我騙了他之後，繼續說：「人家說，送另一半鞋子，另一半會跑掉耶。下次不要再亂送我鞋子了。」

「不可能，妳不會捨得離開我的。我每次看妳穿高跟鞋站一整天班，腳痛不說，有時候還起水泡，真的很心疼。鞋子穿好一點的，比較舒服。我知道妳都捨不得買，但這樣真的不行。」他擔心地說著。

「好，我知道。」

「我該去忙了，有時間再打電話給妳，好好吃飯，好好睡覺，嗯？」

「嗯。」

「我愛妳。」我也是。

但有些事，感覺卻不一樣了，因為我說謊的次數越來越多了，我隱瞞自己真實心情的時候越來越多了，到最後，我還能拿什麼來愛官敬磊？

嘆了口氣掛掉電話，我回到工作上，先到前檯處理幾個VIP客戶的訂房，再把接待的重點做好note，然後回辦公室處理幾份報表和報告，直到我肚子開始餓了，才發現一轉眼又已經是晚上九點，過了我的下班時間。

我把文件存檔後關機，剛好進來辦公室的小珍笑著說：「主任，妳總算回神了，老大叫我要提醒妳下班。」

小珍口中的老大就是經理May姊。

「有這麼誇張嗎？」我走進休息室準備換衣服。

小珍也跟著我走進休息室，在我後頭說：「有啊！而且剛剛小蘋已經來叫過妳一次，妳不知道嗎？」

我換好衣服走出來，仔細想了一下，「有嗎？」

小珍滿臉驚恐地看著我，「主任，妳真的好可怕喔！我以後絕對不要變成像妳這樣的工作狂。」

我笑了笑，這好像不是自己能決定的，有時候，妳真的作夢都不會想到自己會變成什麼樣子。

和小珍道了再見，我搭上同樣的公車循著老路線回到家，原本打算隨便煮個麵打發自己的晚餐，沒想到其他人全都在家，而且正在吃飯。樂晴看到我回來，馬上對我說：「快過來吃麵。」

我坐到餐桌前，對依依和立湘打了招呼，立湘給了我一個微笑，但依依只是低著頭吃麵，沒有理我，我想她可能是工作太累了。

樂晴從廚房走出來，端一大盤什錦炒麵給我。我看著她們，好奇地問：「妳們怎麼那麼晚才吃？」

樂晴生氣地說：「都孫大勇啦，本來說要一起去吃晚餐，結果他還在給我調時差，整個人睡死。我超餓的，當然是回來自己煮比較快。」

立湘則是吃了好大一口麵之後說：「我不小心睡到剛剛。」

我笑了笑，把眼神放在依依身上，但她沒有回答我的問題，只是抬起頭，有點嚴肅地反問我，「妳爸怎麼會突然來台北？」

她一問完，樂晴和立湘的筷子也停住了，她們都見識過我父親的極權和威嚴，以及他的不可理喻跟狂傲。我知道她們都非常不喜歡我父親，但礙於我的關係，所以從來不說任何他的不是。

「上來參加朋友兒子的婚禮。」我帶著微笑回答，沒有多問依依為什麼會知道，反正肯定是學長告訴她的，而且我知道學長應該會講得更詳細。

所以依依接下來又繼續問：「你們怎麼會吵起來？」

「因為他要我跟他朋友的兒子相親，我拒絕了。」我很誠實地回答。

「就因為這樣，他要動手打妳？」依依很不能接受地說。

樂晴和立湘狠狠倒吸了一口氣，他們知道我和父親不合，但沒想到父親居然會想動手，畢竟我也不是小孩子了。

我笑了笑，不想讓氣氛太過沉重，「沒打到啊！還好是學長救了我。」

「拜託一下，妳還笑得出來？妳可以生氣一下嗎？妳爸真的很奇怪耶，為什麼一定要妳去相親？每次打電話來也不問妳過得好不好，就只知道問妳要不要快點結婚，要求妳去相親！」樂晴火大地說著。

「他就是要人家照著他的計畫走，不要理他就好了。」我佯裝輕鬆。

依依嘆了口氣，放下筷子，表情非常凝重，「明怡，妳知道我從來不會跟妳說這種話，因為妳知道我永遠無條件支持妳任何決定，包括妳和官敬磊在一起。我不是反對官敬磊在做的事情，而是面對生活的這些現實壓力，我覺得妳不能老是自己擔，妳也要適時告訴他，讓他陪妳一起面對啊！」

依依的話，讓我失去了胃口。

樂晴和立湘則是被震撼到啞口無言，畢竟不知道從什麼時候開始，她們就不再過問我和官敬磊的事，好像是有了共識般，就只是在一旁，看著我和官敬磊一路走了十年。

即便我從來沒有對她們訴說過我的心情，不曾對她們抱怨過什麼，但我們每天生活在一起，她們是全天下最了解我的人。

或許是聽到今天我父親打算賞我巴掌的消息，讓依依無法再保持沉默。

她繼續說：「關於官敬磊的存在，我知道妳為什麼不想告訴家裡的人，但妳必須學著讓官敬磊知道，妳在現實生活裡遇到了多少挫折。就算他沒有辦法解決，至少他能夠知道自己女朋友身上發生了什麼事，可以發揮一點點志工精神來關懷自己的女朋友。」

氣氛越來越凝重，我不知道該怎麼回答。我看著樂晴拉了拉依依的手，示意她不要再繼續講下去時，依依的眼淚突然從眼角流了出來。我難過地看著她的眼淚，坐在椅子上動彈不得，不知道該怎麼辦。

她看著我，哽咽起來，「每次看妳這樣強顏歡笑，我有多難受妳知道嗎？妳好歹跟我們訴苦，說官敬磊不在妳很孤獨。妳可以對我們抱怨，說官敬磊讓妳感到很累。但妳都沒有，什麼都放在自己心裡，在我們面前永遠表現得雲淡風輕，妳知道我多捨不得嗎？我每次看官敬磊在妳身邊來來去去，我多希望能不能有一天，他可以永遠停留在妳身邊。」

「不要再說了。」我負荷不了，覺得心裡的某個部分正在崩潰，即將瓦解。

我快速地抽了一旁的面紙，幫依依擦掉眼淚，用著熟練的微笑對她說：「我知道妳擔心我，但我真的沒事。」

依依抬起頭，紅腫的眼睛看了我一眼，「妳知道嗎？我真的很不喜歡看到妳用這個表情說這句話。妳有沒有事，真的不是妳自己說了算。」接著她起身走回房間。

樂晴和立湘看向我，我無話可說，只能繼續以依依討厭的那個表情，微笑地對她們兩個說聲晚安，然後回到自己房間，關上房門，對著眼前黑暗的這一切。

最後，我開始無聲地痛哭。

我哭，不是因為自己的委屈，而是對愛我的人感到抱歉。

第三章

我們該為愛犧牲到什麼程度？

也許是哭得太累，再加上前一晚的失眠，我這一昏睡，睡掉了一整個早上。當我再次醒來，看到牆上掛的時鐘顯示中午十二點四十五分，整個人從床上彈起來，第一次這樣失控地狂睡。

我非常慌張，因為今天我是早上九點的班。

我開始在房間裡四處搜尋我的包包，想找出電話。我很怕我沒進公司又沒有任何消息，公司的同事可能會打爆我的手機。但不管我怎麼翻，床上、床底下、化妝檯上，都沒看到我的包包。

突然想起，昨天晚上回家時我沒有先回房間，而是直接走到餐桌，然後和依依發生了一點……爭執？誤會？應該都不是，而是依依很誠實地質問起我現在的感情狀況，接著，我們各自回房，各自傷心。

我想，包包應該還在餐椅上。

我打開房門走了出去，樂晴也剛好從大門口走進來。她給了我一個很燦爛的笑容，對著我說：「睡飽啦？刷牙洗臉沒？我做了妳愛吃的牛肉炒河粉，我去幫妳熱一下，也煮了妳愛喝的紅豆蓮子湯，吃完河粉來一碗剛好。」

我一邊著急地要往餐桌的方向走去，一邊回應樂晴的貼心，「可能沒有辦法，我睡過頭了，今天是早班。」

到了餐桌旁一看，包包果然還在餐椅上，結果拿出手機，居然是已經沒電自動關機了。我忍不住低吼了一聲，「天啊！」頭皮更加發麻，服務業跟一般的行業不一樣，服務的工作都是即時的，而人手都是排班配好的，突然少一個人，有時候會給公司和同事帶來很多困擾。

樂晴走到我旁邊，把手機拿了過去，然後拉我坐在餐椅上，一臉「安啦」的表情，「我早上打電話去請過假了，說妳人不太舒服要請假一天。妳主管很擔心，她說如果真的很不舒服，多請幾天休息也可以，公司的事她會處理。」

我這才鬆了一口氣，癱著趴在餐桌上，無力地向樂晴說了聲謝謝。

樂晴轉身走進廚房，「不用謝我，是依依叫我打電話去請假的，她說妳昨天晚上一定會大哭，如果早上七點還沒有醒來，就直接幫妳請假。」

我坐起身，靠在椅背上，被了解的安全感，從心裡蔓延到四肢，很溫暖、很踏實，又很慚愧。

不到一分鐘，樂晴從廚房走出來，先是端了盤炒河粉給我，再幫我舀了碗排骨湯，接著又拿蘋果和梨子坐我在我對面削著，「如果妳現在還沒什麼胃口，先吃點水果，休息一下再吃河粉也關係。」說完後又馬上離開座位，幫我倒了杯水遞給我，傻笑著說：「哈哈，算了，先喝點水好了！」

我看著樂晴一向真誠又坦率的臉，從上大學認識她的那一天起，她幾乎沒有什麼改變。喜歡做料理，到最後自己開了早餐店，負責我們的三餐，迎合我們所有人的口味，只要我們吃得開心，她都不覺得累，看著我們吃東西，她臉上就能露出幸福的表情。

我也想擁有像樂晴那樣單純的快樂。

從樂晴手上接過水，喝了一口，喉嚨好像得到解救。我深呼吸一口氣，給樂晴一個微笑，然後拿起筷子。就算再怎麼沒有胃口，我也不想辜負樂晴的心意。

樂晴滿足地看著我吃東西，邊削水果，又一臉有話想說的樣子。好幾次我抬起頭，眼神和她對上，她都假笑帶過，我努力地把那一大盤炒河粉吃完，再把排骨湯喝掉，拿起她削好的蘋果咬了一口，對樂晴說：「妳有話要跟我說嗎？」

看到她被抓包的窘樣，我覺得好可愛。一會兒之後，她才扭扭捏捏地開口，「就是那個啊，昨天依依說的那些啊，妳不要放在心裡啦，她其實就是講話很直接的人啊，她就是為妳好啊！說話比較重一點，妳不會生她的氣吧？」

她說完，默默地把水果刀藏到身後，可能怕我難過到做傻事吧！

我忍不住笑出來，「我沒有生氣，依依講的都是對的，我也知道妳們其實很擔心我，也很替我著急，可是有很多事，不是我們想怎樣就可以怎樣的。」

樂晴認同地點了點頭，「是沒錯啦，而且說真的，我對感情的事比較不會表達，因為我在這方面也不是專家，沒辦法告訴妳什麼是對的、什麼是錯的。但是我看得出來妳到底快不快樂，就算妳和官敬磊一輩子這樣下去，只要妳是快樂的就好，可是，嗯……妳知道的……」

其實，我不知道，我不知道自己如此容易被看穿。

我以為我把堅強表現得很好，我以為我把寂寞掩飾得很好，我以為我把落寞收藏得很好，我真的以為我看起來是不在乎官敬磊離開的，我真的以為我看起來是快樂的。

原來，那只是自己假裝看不到，結果大家都看到了。

我和樂晴對視著，所有想說的都在眼神裡，所有說不出口的也在眼神裡。有些事一時無法說得很清楚，也沒有辦法做什麼決定，但心裡總是有個角落，慢慢地被侵蝕，逼得我不得不認清現實。

樂晴笑了笑對我說：「啊，算了啦！反正妳自己覺得好就好，我就是只能站在妳這邊啊！」

我微笑地點了點頭，謝謝我的戰友。

吃完飯，我陪著樂晴整理餐桌、洗碗，再幫她準備晚餐的材料，突然覺得心情變得很輕鬆。兩個人一邊聊著以前發生的事，樂晴大笑，我不停微笑，我和樂晴正興奮地聊以前班上同學的八卦時，客廳裡的電話鈴聲打斷了我們。

樂晴走到客廳接起來，然後喊了我的名字，「明怡，妳姊打來的。」

我趕緊走到樂晴旁邊，接過話筒，「姊！」

「打妳手機轉語音信箱，打去公司才知道妳今天身體不舒服請假，沒事吧？」姊姊擔心地問著。

「沒事啦，就有點頭痛，現在已經好很多了。」我說。

「那晚上跟爸媽一起吃飯，吃完送他們去搭車。」

聽到爸媽兩個字，我的心馬上跌到谷底的谷底。

如果可以，真的希望不要再看到父親的臉，不要再聽到他說的任何一句傷人的話，那或許會讓我們父女關係比較緩和一點。因為有些人一輩子就是沒有辦法溝通，唯一能做的，就是減少溝通的次數。

我在電話這頭遲疑，想著要怎麼拒絕姊姊。

「一起去好嗎？我們很久沒有全家人一起吃飯了，下次還有沒有這種機會都不一定了。」姊姊的聲音突然間變得很飄渺。

我實在無法說不。

當我告訴樂晴，晚上要跟父母親還有姊姊吃飯，她只能拍拍我的肩，「快回房間休息一下，能睡一下更好，晚上可能還有場硬仗。」

我忍不住苦笑，跟自己家人吃飯是一場戰爭這種事真的非常諷刺。

我回到房間，躺在床上翻來覆去，沒有絲毫睡意，只好又起身，決定打掃房間，整理些不看的書、不聽的CD，還有些舊衣。

突然想到，那時候依依在和學長鬧分手時整理了好多東西要還給學長，而我的房間再怎麼翻來翻去，和官敬磊之間的回憶就只有兩張照片。一張是八年前他要出國的前一晚，我和他還有阿財三個人的合照，另一張是兩年前他回台灣，遇到中秋節，我們所有人一起在頂樓烤肉的合照。

這才發現我和官敬磊兩個人的單獨合照，竟然一張也沒有。

我自己都覺得不可思議，我們之間的回憶如此淡薄。

懷著不敢置信的心情，整理好房間，時間也差不多了。我換好衣服，不想再讓父親有抓狂的理由，選了一套簡單的洋裝，再套上薄外套，穿上平底娃娃鞋，努力讓自己看起來像個大家閨秀。

出門前，樂晴大聲地對了我喊了句加油。

去和客戶談生意，才剛回來坐在客廳吃水果的立湘一臉莫名其妙，但咬了一口蘋果後也跟著樂晴對我說：「嗯，加油……」

我笑了笑，摸摸她的頭，帶著好心情出門。

到了餐廳，父母親和姊姊已經在位置上了。我跟大家打了聲招呼，坐到了姊姊旁邊。父親的臉上依然是同樣的表情，非常不以為然，用鼻孔哼了一聲後說：「我是這樣教妳禮儀的嗎？當晚輩的人可以遲到嗎？」

我看了一下手錶，給父親一個微笑，「還有五分鐘才六點，我沒有遲到。」

父親被我反駁，又要開始發作時，姊姊馬上轉移話題，「這餐廳的蝦子很好吃，爸要來一份蝦嗎？還是點你喜歡的鴨胸？」

父親壓抑住怒氣，但也不說話，以表示他的驕傲。母親和姊姊一起討論菜單，我則是在一旁東張西望，怎樣都不想對上父親的眼神。點完餐，全餐廳裡好像只有我們這一桌開啟了靜音模式。

從以前到現在都是這樣的，餐桌上，只能有父親的聲音，看他心情決定他要不要開口。如果可以一直這麼無聲，我也覺得很好、很棒、很舒適，只是父親的行動向來都不可能讓我如願。

他清了清喉嚨問姊姊，「昨天正雄沒有回家睡覺啊？」

姊姊臉上突然閃過難堪的神情，隨即恢復微笑，回答父親的問題，「嗯，最近醫院的事比較忙。」

父親又一臉欣慰，「從大醫院出來自己開業，還經營得有聲有色，忙是應該的。妳身為太太的，要好好當先生的後盾，家裡的事要處理好，不要讓先生在外面工作還要煩惱家裡的事，女人的本分要守好，聽見沒？」

姊姊沒有反駁父親，點了點頭。

我則是努力讓自己右耳進、左耳出。

父親又開口繼續說：「嫁給正雄多好，讓妳吃香喝辣的，又不用工作。妳也要努力幫正雄傳宗接代啊，怎麼結婚那麼久了沒有半點消息？我可是不容許妳避孕，生小孩是每個女人最基本的義務，妳可不要給我亂來。」

姊姊深呼吸一口氣，又繼續點點頭。

我則是已經快要聽不下去。

「不會是妳身體有什麼問題吧！再怎樣都要想辦法給我生個男孫。」父親唸完姊姊，又轉過頭去指使母親，「回屏東後去黃師父那裡抓幾帖包男藥，人家隔壁老陳媳婦全靠那帖藥，生了三個兒子，像巷口賣乾麵那家的女兒也是……」

不等父親說完，我故意把刀叉推到地上發出「鏗」的一聲，這使得他停住了嘴巴，嫌惡地看著我。服務生馬上走到我身邊，快速地幫我換上一副新的刀叉，菜也在這個時候上來，總算可以讓我的耳朵得到些許安寧。

但也只維持了五分鐘。

父親吃著頂級牛肉，也不打算休息，這次攻擊的對象變成是我，「老劉昨天打電話給我，說他們家老三對妳挺滿意的。有機會就和人家多認識，我看那孩子很不錯，有禮貌、外型又好，重點是有上進心。」

老三可能很好，但我無條件抗拒父親推薦的任何一個人。

我沒有回答，當作沒聽到，喝了口紅酒，繼續吃著香酥豬腳，搭配的酸菜超順口，下次要帶樂晴來吃一次，很多菜她只要吃過一次就有辦法煮出來，神舌頭。

但父親怎能容忍我的毫無反應，他用力地把刀子放在桌上，「碰」的一聲，餐廳裡用餐的所有人，無論台灣人外國人大人小孩都往這裡看過來。但我的父親一點也不在乎，因為對他來說，他的一切行為都不會有錯。

姊姊和母親的臉色陷入了恐慌，但我已經過了會害怕的時期，打從我自己面對生活的那一刻起，就沒有什麼好怕了。

「我在跟妳說話，妳這是什麼態度？」父親對我破口大罵。

我的容忍也在這一刻結束，我無法再給父親任何一個假裝的微笑。依依不喜歡的表情，其實連我自己也很厭惡，那假裝一切沒事的嘴臉，有時候連我自己看了都深深作嘔，不想再在父親面前作賤我自己。

我抬起頭迎向父親的眼神，沒有一絲恐懼，很平靜地說：「拒絕的態度，我拒絕你再干涉我的生活，我拒絕你再用父親的名義決定我應該要嫁給誰，決定我應該要跟誰在一起。」

父親臉上一副不可思議的表情，無法接受從小接受他管教的小女兒居然對他這樣說話，他氣得端起紅酒往我臉上潑了過來。我的身上頓時全是紅酒的香氣，甜甜的，也有點苦澀。

姊姊和母親嚇了好大一跳，姊姊急忙拿起餐巾幫我擦拭臉上的紅酒漬，她的眼睛裡泛著眼淚，但又要極力忍住，因為她的眼淚會讓父親更火大。

我看著一路和我一起忍過來的姊姊，心疼到好心痛。

父親毫不客氣地繼續對我吼，「妳看看妳來台北變成什麼樣子？都忘了怎麼尊重長輩嗎？誰允許妳可以對我這樣說話？妳是我女兒，我就有資格管妳！」

我忍不住笑了出來。

父親的臉色更加難看，姊姊也更加著急地在我耳邊說：「明怡，拜託妳，不要再跟爸爸吵了。」

對，沒有什麼好吵的，因為我吵不贏他。對他來說，比較大聲就是贏了。不過他錯了，就算他往我身上灑了再多紅酒，對我怒吼得再大聲，甚至再多打我幾巴掌，我也不會輸的。

我站起身，拿了包包，對著父親再說一句，「如果可以選擇，我真心希望不要當你的女兒。」

然後轉身離開，留下父親在座位上繼續跳腳。

是的，我終於打破了三十一年來家裡的和平假象。我苦笑著走出餐廳，夜晚的微風吹在臉上，我閉上眼睛用力深呼吸，把新鮮空氣往身體裡面送。再次張開眼睛時，覺得全身充滿了力氣，想到還在裡面暴怒的父親，竟讓我有某種程度的滿足。

我要回去告訴樂晴，這場戰爭我應該算小贏，但低頭看了看身上洋裝的一片紅酒漬，我想應該只能說是打成平手。

打算回家時，有人從後面叫住了我。我轉過頭去，是立湘的哥哥，朱季陽，他正一臉錯綜複雜的神色看著我，表情十分豐富。他和立湘一樣，不多話，但都非常聰明而且正直善良。

從他的表情看來，如果我沒有解讀錯，再加上他從我後面走過來的路線，我想他剛剛應該非常榮幸地在一旁，參與到我和父親在餐廳裡的那一仗。

我給了他一個微笑和招呼，「好巧。」

他也對我笑了笑，卻是非常尷尬的那一種，「嗯。」然後看著我，欲言又止了好久，才又說了一句，「妳還好嗎？」

是的，我的猜測是對的。

所以，我也沒有任何隱藏的必要，我想，不再讓自己討厭自己的第一步，首先或許是學著坦率面對自己還有別人吧！

「你覺得呢？」我笑了笑。

他很認真地看我一眼，「好像不太好。」接著把他身上的西裝脫下來，披在我身上，「妳衣服還是濕的，雖然現在很熱，但這樣一不小心也會感冒的。」

我感激地對他說了聲謝謝，我現在的確是需要一點溫暖。

「你和朋友來吃飯嗎？」我轉移話題，開始閒話家常地跟他聊。

「不是，和客戶在附近開完會，一起過來這裡吃飯，然後就……」就看到我和父親吵架了。

「那你把客戶丟下了？」我問。

朱季陽是律師，他的客戶都是些政商名流，隨便打個官司，賠償金額都是億過來億過去的。我這輩子最接近億的時刻，是幾年前奶奶過世，要燒庫錢時，我燒了五億給奶奶，是我出手最大方的一次。

他笑了笑，「沒有啦，我們也吃得差不多了，走吧！我送妳回去，順便去看看我那個冷血的妹妹。」

立湘只是個性比較慢熱，她和我們在一起時，雖然不多話，但是會專心聆聽，也會跟著我們大笑。不過看她和朱季陽的互動，的確沒有和我們相處時那種熟悉的感覺。

出來外面生活太久的人，有時候真的會忘了怎麼跟真正的家人相處。

坐在朱季陽的車上，我轉過頭看街景在窗外閃過，想到了被我留在那裡的姊姊和母親，要代替我收拾父親火爆發作過後的殘局。母親一定又會被罵說生不出兒子，生個賠錢貨就算了，還敢頂撞長輩。姊姊一定又會被罵說在台北不好好管自己的妹妹，都撒野成什麼樣子。

想到這，我就忍不住嘆氣。

「我看妳說話小小聲的，沒想到妳爸丹田力氣很足。」朱季陽似乎是想把沉浸在這種情緒的我拉回來。

我坐正身體，幽自己一默，「從小到大都這樣吼我，有在訓練的。」

他笑了笑，然後清清喉嚨，一句話分了好幾段才說完，「不過，妳和……妳男友的事，妳爸……不知道嗎？他為什麼就是，嗯，還要妳……」

沒等他說完，我直接打斷了朱季陽的話，「嗯，他們都不知道。」雖然朱季陽是立湘的哥哥，偶爾他送媽媽做的小菜過來家裡時會碰面，但我們的關係還是非常陌生，我並不想在不熟的人面前做太過深層的剖白。

回答完，我閉上眼睛，希望朱季陽不要再問我任何問題。他很識相地開了廣播，一路上和我一起沉默。

到家後，我和朱季陽走進家門，樂晴和立湘正好坐在客廳看電視，看到我們一起回來，兩個人好像分別在嘴裡塞了四個冰火菠蘿油，久久說不出話。我知道她們在想什麼。

我轉頭對朱季陽說：「不好意思，你的外套也沾到了一點紅酒，我洗完再還給你，謝謝你送我回來。」

「不用了，沒關係，我拿回去洗就好。」朱季陽從我手上拿走了他的外套，似乎很擔心麻煩到我。

我笑了笑，「不然你看送洗費多少，我再給你。」

「不用啦！請我喝杯咖啡就好了。」他笑著說。

我點了點頭。

接著我走回房間，燈才一開，樂晴馬上在後面跟進來，十足看好戲的表情，「妳知道我現在有多少問題想問妳嗎？」

我被樂晴逗笑，「知道，妳臉上都寫了。」

「那妳可以快點回答我嗎？」她已經躺在我的床上，舒適地為自己拉上被子，一臉迫不及待的模樣。

「我先換衣服。」我說。

「OK，給妳十五秒。」

結果我才剛脫掉衣服，樂晴就馬上說：「十五秒過了。」

我真的被她打敗，只好邊穿邊衣服邊說出在餐廳發生的事，還有在餐廳外頭遇見朱季陽，他送我回來的事。

樂晴越聽越忍不住搖頭，「雖然晚輩不能說長輩不是，雖然你爸是我好朋友的爸爸，雖然在妳面前不應該批評，但我真的不得不說，你爸真的很……可怕。」

我笑了笑，沒有再多說什麼，因為我相信，樂晴的用詞絕對比她心裡真正想說的客氣許多。

「不過，我還滿訝異的，妳居然肯讓朱季陽送妳回來，可是妳這樣做是對的啦，不能因為他喜歡妳，妳就一直跟人家保持距離，我是覺得，當朋友也沒什麼關係啊！」樂晴在我床上翻了幾圈。

每次講到這件事，我的頭就很痛，樂晴和依依老是說朱季陽喜歡我，人家不尷尬，倒是搞得我很不自在，「他有跟妳說過他喜歡我嗎？」

樂晴的表情，像是在怪我問了多愚蠢的問題，「他是沒有跟我說，但白痴都看得出來。朱季陽每次來家裡吃飯，有一半的時間都呆呆地看著妳。我都很怕他把四季豆夾到插進鼻孔！明明是妳太愛官敬磊才什麼都看不到好不好。」

是嗎？愛真的讓我如此盲目嗎？

「算了啦，反正要妳看官敬磊以外的男人，比要我家孫大勇不打電動還要難，妳快去洗澡休息。」樂晴翻下床後，在打開房門之前轉過頭來對我說了一句，「對了，依依也回來了，在她房間。」

我點點頭，看著樂晴走出房門。

昨天晚上的事，其實讓我今天一整天心神都不太安寧。我和依依認識十幾年沒有起過任何爭執，即便依依的個性很衝動，但對我、樂晴和立湘從來沒有大聲說過話。她會對我說那些話，就表示她真的看不下去了，就像我今天對父親的忍耐到了極限一樣。

一整天，我都想著怎麼依依和解。

我深呼吸一口氣，走出房間。客廳裡沒有人，朱季陽已經離開，大家也各自待在房間裡，我走到隔壁依依的房門口，敲敲門，走了進去。

依依正躺在床上，她的眼神從手上的書本移到我身上，我很擔心她會對我說：「我現在不想和妳說話。」

幸好她沒有，她只是看著我，微微嘆了口氣，拍拍她身旁的位置，示意我過去。我爬上床，躺在她旁邊，和她蓋著同一條被子。我正準備開口，依依卻先出聲了，「欸，昨天講的那些妳不要想太多，我可能是被安娜貝爾附身了。」

我轉頭看著依依，朝她笑笑，「其實，妳講的都是對的，我的一舉一動真的騙不了妳們。」

依依把手上的書放到一旁，然後把我摟進她懷裡，「妳從現在開始，把這個言不由衷的笑容給我改掉，不想笑的時候就臭臉，有什麼關係。我們不是妳飯店的ＶＩＰ貴賓，也不是妳爸爸，更不是官敬磊。我們是妳的家人，妳永遠可以在我們面前做妳自己，可以哭、可以生氣、可以大聲說話……」

依依的話，鬆動了我內心最不願觸碰的那個角落，每一字、每一句打在我的心上，三十年來築起的心牆瞬間倒塌。原來我其實可以只做我自己，原來我其實也可以學著放過我自己。

我感動得一塌糊塗，什麼話都說不出來，只能抱著依依，把臉靠在她的肩上，用力地深呼吸，不讓眼淚流下來。

「請妳學著依靠我們，就像我們也需要依靠妳一樣，了解嗎？」依依伸手撫了撫我的背。

我在她肩上用力地點點頭。

我知道，我會的，從現在開始，我會努力的。

我們就這樣擁抱著，過了好久好久，依依突然推開我，嫌棄地看著我說：「為什麼妳今天身上有一股臭酸的味道？」

感動的情緒馬上消失，我笑了出來，不再說沒事，而是很坦率地告訴依依，「因為晚上跟我爸吃飯時被潑了紅酒。」

依依滿臉驚嘆號，「妳爸真的是！」語氣也滿是驚嘆號，老話一句，她和樂晴一樣，用詞都比心裡想的客氣太多了。

待依依的床上，和她聊天聊到凌晨三點半，照理講我應該是很累了，卻反而覺得精神很好，或許是因為心裡踏實的感覺讓我很安心。好好地洗了個澡，我很快就睡著了，但在睡覺前還不忘提醒自己，明天一定要打電話給姊姊，跟她道歉，請她原諒我這個不成材的妹妹害她白白遭殃。

一早醒來，樂晴已經做好早餐，依依和立湘也起床了。我們四個好久沒有一起吃早餐，看到我和依依已經沒事，樂晴興奮地說個不停，立湘也笑得很開心。

我帶著好心情到公司，準備迎接新的一天。May 姊一看到我就笑著說：「休假果然有差，看妳好好休息一天，今天精神多好啊！」

「對啊，現在開始，要把我沒休的假全都休完。」

May 姊馬上臉色大變，「可以慢慢來，真的，妳知道檔期一個接一個。」

我笑了笑，「我知道，開玩笑的啦，我先去忙囉！」

帶著滿滿的戰鬥力開始工作，不停地做報表、不停地做報告，不停地在前檯和辦公室來回奔跑，直到小蘋問我，「主任，妳不去吃午餐嗎？」

我才發現原來已經下午兩點了。

我對小蘋點點頭，「好，我會去吃。」接著停下手邊的工作，想起要給姊姊打個電話。我拿起手機，撥了姊姊的行動電話，卻直接轉進語音信箱。連續撥了幾通都是這種狀況，我忍不住開始擔心，不會真的因為昨天的事害姊姊受到牽連吧！

整個午餐我吃得食不知味，不自覺地發呆，還被自己的手機鈴聲嚇到才回神。以為是姊姊回電給我，結果來電的卻是官敬磊最討厭的妹妹，官敬雨。

「明怡姊，我好想妳！」她在電話那頭大肆地撒嬌。

對她，我其實是非常心疼的，她三歲時被父親帶回家，身為哥哥的敬磊從來沒有給過她好臉色。我當然也能體諒敬磊對她媽媽還有她有多少怨恨，只是，大人的選擇，小孩卻得一併承受結果，有時候，真的很不公平。

什麼都不懂的官敬雨是最無辜的一個。

她十三歲時偷看父親的手機，記下官敬磊的號碼後，就常常偷偷打越洋電話給他。只是，每一次都被官敬磊給掛電話，一句話都不願意和她說。每次看著官敬磊生氣地掛斷任何一通家裡打來的電話，我心裡就難過一次。

難過的是，官敬磊和我一樣，從不肯真正面對家裡的問題。

有一次，官敬磊在洗澡時，要我幫他接一下來電，我不知道是敬雨打來的，結果這一接，敬雨就再也沒有放過我了。她向我要了電話，想到敬磊無數次地拒絕她，我只能心軟地把自己的電話號碼給她，至少我還能偷偷告訴敬雨有關敬磊的近況，好滿足她想了解哥哥的心情。

敬雨告訴我，她最大的願望是希望哥哥可以原諒她。

但，她根本沒有做錯什麼啊。

敬雨十五歲那年，和媽媽回台灣看外婆，結果自己偷偷溜出來，打了電話給我。那時候官敬磊在雲南，於是我偷偷帶她回敬磊的住處，陪她看敬磊的生活點滴，告訴她，她的哥哥是個多善良、多了不起的人。

意外的是，原本幾天後才要回台灣的官敬磊竟提前回來了。我的手機又剛好沒電，沒有及時接到他臨時要回來的通知，於是我和敬雨就活生生像被抓姦在床一樣，我和敬雨偷偷聯絡的事當然也被他發現。他氣得把敬雨趕出去，敬雨在門外哭了好久，我則是在門內好聲好氣要敬磊別這樣對待妹妹。

結果我也被趕出來了。

那一次，官敬磊跟我冷戰好久，直到他又要再出發的前一天才來家裡找我，鄭重地要我別再和敬雨保持任何聯繫，他這輩子不打算和家裡有一丁點瓜葛，所以也不希望我去蹚他們家的渾水。

我很乖地點點頭答應他。

但這幾年，我還是持續跟敬雨聯絡，原本一開始還是偷偷摸摸的，到現在已經非常正大光明，甚至會在他面前接敬雨的電話。而敬雨回台灣看外婆時，要是正好官敬磊在台灣，她就會去找他，然後一次又一次地被自己哥哥趕出去。有時候，我也會跟敬雨一起被趕出去，兩個人就去看電影吃飯，讓官敬磊自己一個人在家。

我很努力地試著讓敬磊好好和敬雨相處，不管多難。

上星期才接到她打來哭訴和男朋友分手的電話，整整講了三個小時。加拿大的越洋電話費用，光想我頭皮都發涼了，但這位小姐一副沒什麼大不了的樣子說：「反正我爸最不缺的就是錢，你看他多悲哀。」

但現在這活潑開朗的語氣是吃錯藥了嗎？情傷不是至少也要幾個月時間復原嗎？

「心情變好啦？」我笑著說。

「當然啊，拜託，Kevin 算什麼東西，現在想想我當初為了他流這麼多眼淚，真的是我人生最大的污點。」敬雨不屑地說。

「妳才二十歲，是在跟人家講什麼人生啊？」同事裡那幾個雙十年華的妹妹們，也是三不五時就在感嘆自己的人生，搞得我好像對自己的人生無關緊要。

「二十歲都老了耶，我從今年開始不過生日，我要永遠留在二十歲。」敬雨完全不管電話這頭三十一歲的我已經全身多處被刺傷。

我決定帶開這個話題，「好，妳永遠二十歲！找我有什麼事嗎？」

「唉，就前幾天爸爸在公司昏倒了，後來去醫院檢查，說是有輕微中風的狀況，最近在家休養。醫生是說不嚴重，只是要小心，不能再太累，不然就真的會中風。我媽現在只要看到我爸就一直哭一直哭，醫生跟她講什麼她都聽不下去。」

「怎麼會這樣啊？」我對官敬磊爸爸的印象，還停留在十一年前他回來找官敬磊的模樣。

「明怡姊，雖然我不喜歡我爸，但聽到的時候還滿想哭的耶，哈哈。」敬雨在那話那頭，用不在意的語氣試圖把話講得很輕鬆，不過，我想她應該是很害怕的，爸爸生病，媽媽慌亂，她也才二十歲啊！

「敬雨，妳不要擔心，不會有什麼事的。醫生不是也說了嗎？妳就幫媽媽好好照顧爸爸，其他的不要想太多，知道嗎？」

「我知道啦，我現在很少晚上出去玩了，都是一下課就回家。我昨天打過電話給哥哥，但他沒有接，他又出去啦？」敬雨哀怨地說。

「嗯。」我也只能無奈地回答。

她在電話那頭嘆了好大一口氣，「明怡姊，我要拜託妳一件事。」

「什麼事？」我正打算從口袋裡拿出筆跟紙來好好記錄。

結果敬雨很認真地說：「妳這輩子絕對不能跟我哥分手，我真的覺得妳如果沒有嫁給我哥，我哥這輩子一定會娶不到老婆。」

我忍不住笑了出來，「妳想太多了，早點睡吧！」這時間在溫哥華是睡眠時間。

「妳先答應我嘛！」她拿出盧她哥哥的本事繼續盧我。

我還來不及回答，她又開始猛攻，「妳先答應我嘛！妳先答應我嘛！妳先答應我嘛！妳先答應我嘛！妳先答應我嘛！妳先答應我嘛！妳先答應我嘛！妳先答應我嘛！妳先答應我嘛！妳先答應我嘛！」

第一次深深體會官敬磊的心情。

我只好使出最下流的那招，「什麼？你說什麼？我這裡訊號……有點……不好，什麼？好啦，我下次再打給妳喔！拜！」

然後掛掉電話。

這種爛把戲，只有孫大勇在打電動時會用來搪塞樂晴，天曉得我今天居然也走到這一步，還用得這麼自然、這麼好，人的無限潛能有時候真的可以嚇死自己。

我快速地整理好午餐的桌面，雖然這時間已經算是下午茶。接著，就打算趕緊回到辦公室，繼續未完成的工作。

走回辦公室途中，手機又響了。我趕緊拿起來看，確定不是敬雨，是一組陌生的電話，我才安心地接了起來。誰知道這一接，嚇得我心臟幾乎要停止了。

「請問妳是白明怡小姐嗎？」一個陌生男子的聲音。

「是。」我覺得疑惑。

「我這裡是醫院，白明翎小姐開車發生意外，現在正在急診治療，不曉得妳方便過來一趟嗎？」

我嚇了好大一跳，但馬上恢復鎮定，「你不會是詐騙集團吧！」現在詐騙那麼多，我就接過好幾次哭著叫我媽媽的求救電話。

陌生男子聲音非常無奈，「不是，這是白小姐在醫院求診紀錄裡留下的緊急聯絡人電話。」

好，我可能問了一個非常愚蠢的問題，冷靜的心情頓時消失無蹤，馬上詢問陌生男人，「她傷得很嚴重嗎？」

「目前還在檢查中，有一些外傷。」

「我現在馬上過去！」掛掉電話，我直接衝到 May 姊的辦公桌前，告訴她我要請假。她看我著急的樣子，連忙說好，我的制服還來不及換掉，就立刻跑到大廳前搭了計程車，以最快的速度趕到醫院，急忙跑進急診室。

在護士的指引下，我看到躺在最角落病床上滿臉蒼白的姊姊。我走近一看，她的脖子有被安全帶磨過的一片紅腫痕跡，手肘做了簡單的包紮，額頭上還有一片瘀青。

警察和醫生輪流過來跟我說明事情的經過，姊姊好像是吃了抗憂鬱藥和安眠藥開車，結果在半路上昏睡過去，撞上了安全島。幸好沒有其他人受傷，車子也已經請拖車廠去吊了。

看著她虛弱的樣子，我難過得直想掉淚。

醫生離開前，還問了我一句，「妳姊姊有重度憂鬱症，妳知道嗎？」

我震驚地搖了搖頭，完全不知道這件事。

呆坐在病床旁，耳朵還一直出現重度憂鬱症五個字的回音，不停地在我腦海裡響著。在等待姊姊清醒的時間裡，我被自責給吞沒，沉浸在自我埋怨的世界裡，期待姊姊張開眼，帶回我到現實。

並且好好告訴我一句，她沒事。

我們的眼睛，常常只能看見自己的痛苦。

第四章——

只有愛，夠嗎？

從下午四點多到醫院，已經過了四個小時，姊姊的眼皮完全沒有動靜。我擔心地不時抓著經過的醫生還有護士猛問「是不是腦震盪」、「會不會腦子裡面有血塊」、「難道會就這樣一睡不醒」？

雖然醫生已經說了不下百次，「放心，這只是因為吃了抗憂鬱藥物還有安眠藥的關係，等等就會醒了。」

但看著一動也不動的姊姊，心裡的焦急像螞蟻不停地鑽。我從包包裡拿出手機，忍不住撥了官敬磊的電話。

這個時候，真的好想聽聽他的聲音。

雖然我知道他接電話的機率是零，但仍抱持著一點點期待的心情。最後，也又一次讓自己的期待完全破滅，連續撥了三通，都沒有任何回應。

我失望地把手機放回包包裡，安慰自己，不要難過，這本來就是自己預料中的事，沒有什麼好失落的。

看著躺在床上的姊姊，從小到大，她一直都是非常乖巧的女兒，父親要求她做的，她每一樣都做得非常好。她告訴我，她不希望父親常常為了沒有兒子的事埋怨母親，所以只要父親說出口的，她就一定會努力做到，想讓父親認同女兒也很好。

可惜，父親到現在都沒有體會到姊姊的用心。

姊姊從小就非常有藝術天分，她非常熱愛畫畫，父親覺得光靠畫畫成不了什麼大事，但是姊姊常常得獎，愛面子的父親，聽到老師的稱讚、看到鄰居羨慕的眼光，對姊姊喜歡畫畫的事也就睜一隻眼閉一隻眼了。

姊姊以為父親默許她畫畫，所以非常努力地學習，還申請並通過了美國的藝術學校。當她興高采烈告訴父親這件事時，父親非常生氣，警告她馬上斷了畫畫的念頭，並幫她安排好了接下來的路。

就是大學一畢業立刻嫁給父親幫她決定好的對象。

我知道這件事時完全不能接受，當初要姊姊放棄畫畫，已讓我對父親非常不諒解，所以更加深了我上台北念書的念頭，現在又要決定姊姊的未來，我非常生氣，便告訴父親，我絕對不會參加婚禮。

於是，父親氣得跑到台北來，找到我的學校、找到我，狠狠打了我一巴掌，告訴我，不想回去就一輩子都不要回去。

本來我是真的打算一輩子都不回去，可是姊姊告訴我，她人生最重要的一天，希望我可以在場。我無法拒絕她，只好硬著頭皮回去，忍受父親的冷嘲熱諷。但這些我都不在乎，我只是希望，這個男人可以真的讓姊姊幸福。

可是目前看起來，似乎並沒有。

在我已經忍不住又要去找醫生時，姊姊終於醒了。先是恍神了一下，接著看到我坐在一旁，臉上露出疑惑的表情，「妳怎麼在這裡啊？」

一看到姊姊醒來，我壓抑住內心的激動，冷靜地告訴她，「我接到醫院的電話，說妳出車禍在急診室，所以我就趕來這裡了。妳有沒有哪裡覺得非常不舒服，還是有想吐的感覺？」

姊姊一臉迷惘，「我出車禍了？」

我心酸地對她點了點頭，很難過地說：「而且我今天才知道妳有憂鬱症。既然吃了藥，為什麼不在家好好休息，還開車出去？」到現在，我還是非常不能接受姊姊患上憂鬱症這件事。

姊姊的臉閃過一絲驚慌，但她在父親的管教下已經是訓練有素，所以很快又露出淡淡的微笑，試著把一切掩飾得雲淡風輕，「現在的人很容易得到憂鬱症啊。文明病嘛，沒有那麼嚴重，而且我有在看醫生啊！沒事的，下次不會了，我會注意。」

「可是為什麼……」我還想再說些什麼，姊姊馬上打斷我，「我想回去了，我不喜歡醫院的味道。」

我嘆了口氣，「好，我去請醫生過來，還有……要不要幫妳聯絡姊夫，請他過來接妳？」

說來好笑，姊姊和姊夫都結婚十年了，我到現在還沒有姊夫的聯絡方式，見面的次數，五根手指就數得出來。

「不用。」姊姊想都沒想，馬上拒絕我的提議。

我看著姊姊這麼堅決的表情，也沒再說什麼，現在的我已經沒有力氣再去想姊姊和姊夫之間到底是哪裡出了問題。我今天知道太多事了，都是讓我消化不了的事。

快速地請醫生再來做最後的診斷，確定沒有問題之後，我扶著姊姊，在醫院門口攔了計程車。一路上，我們沒有再交談，到姊姊家樓下，我幫她拿著包包，對她說：「我陪妳上去。」

姊姊搖搖頭，「不用，我沒事，妳今天都因為我忙了一整天，時間也很晚了，妳快點回去休息。」然後伸出手拿回包包。

我遲疑地看著姊姊。

她給了我一個微笑，「真的啦，我沒事，妳快回去休息。」她非常堅持。

我只好點點頭，看著姊姊的背影從我眼前消失。不知道為什麼，我心裡總是有一股奇怪的感覺，說不上來的不安，讓我遲遲無法離開。我在這棟囚禁姊姊的豪宅前整整站了十分鐘。

直到我的手機鈴聲響起，我從包包裡拿出手機，接了起來，聽見我四個小時前非常想念的聲音，「怎麼了？妳找我嗎？」官敬磊溫柔地問我。

可惜的是，他總是錯過我最脆弱的時機，「沒有。」我說。

「沒有？妳從來不隨便打電話來的，一定是有事吧，我剛回到鎮上一開機，就接到未接來電的簡訊通知，妳撥了好幾通，是不是發生什麼事了？」官敬磊非常了解我，只要他出門，我基本上都處於等待的狀態。從不主動打電話給他，是因為不想造成他的負擔，更不希望撥出去的電話總是沒有接通、總是沒有回應，就像剛剛在醫院一樣。

那種失落的感覺，真的很讓人傷心。

「真的沒事，就當我不小心按到。」我現在真的沒有心情把姊姊出事的過程對官敬磊說一遍，事實上，我也很少對他談起家人，他只知道我父親很嚴格，母親是家庭主婦，還有一個已婚的姊姊，而且他也很少開口過問。

官敬磊在電話那頭笑了出來，「什麼不小心按到，白小姐，妳的人生至今我也參與了三分之一的日子，妳覺得我會相信妳說這種鬼話嗎？」

突然想起下午接到敬雨的電話，我想官敬磊需要知道他父親生病了，於是我開口告訴他，「下午敬雨打給我，她說你爸身體出了一點狀況。」

官敬磊的聲音馬上像凍住了似的，冰冷到一個不行，「明怡，我不想知道他的事，妳不需要告訴我。」

我嘆了口氣，很無奈地對他說：「我只是想告訴你，敬雨年紀那麼小，你不應該只讓她去承擔，這也是你該承擔的責任。」這句話同時也是告訴我自己，很多時候我都讓姊姊自己面對家裡狀況，我也很自私。

「什麼叫責任？他對我媽負過責任嗎？他對爺爺負過責任嗎？他對我負過責任嗎？在外面偷情是什麼狗屁責任？把我丟到台灣是什麼狗屁責任？爺爺告別式都沒有出席是什麼狗屁責任？他什麼責任都沒有負過，我要對他負什麼責任？」父親的事，永遠都能把官敬磊逼到情緒失控。

「可不可以不要每次講到你爸的事就這麼衝動？的確，你爸對你和你媽做了很多不能原諒的事，但改變不了你依然是他兒子、依然是敬雨哥哥的事實。」我也逐漸失去冷靜。

最近這幾年，敬雨常告訴我，她父親看著敬磊和敬磊媽媽的照片發呆，過年過節，總是吃完飯就自己一個人躲在書房看著以前的照片。她看得出來其實父親很愛哥哥，也很想念哥哥，希望我可以勸敬磊回加拿大看父親一眼。

可是我知道敬磊有多厭惡自己爸爸，所以總是無法對他說出口。

敬磊在電話那頭沉默了好一會，才緩緩說：「我不想在和妳分隔兩地時起任何爭執，所以這個話題到這裡結束，我希望從今以後妳也不要再提。」

「敬磊，沒有人不會做錯事，你該在意的，是犯錯的那個人現在是不是已經感到後悔和自責，如果有，或許就值得被原諒。都那麼多年了，為什麼只有你的時間沒有往前走？」我嘆了口氣，明明知道他會生氣，我還是說出了口，希望他可以鼓起一點勇氣，不要再繼續逃避。

回應我的，卻是通話結束後「嘟嘟嘟」的聲音。

十年來，官敬磊第一次掛我電話。

我看著結束通話的畫面，不知道該哭還是該笑，我想我該好好紀念這個難得的第一次，應該要截圖保存起來。

面對溝通總是失敗的結果，我帶著滿肚子的遺憾和火氣，頭腦一片空白地回到家裡。孫大勇在客廳打電動，樂晴在旁邊看漫畫，而依依在一旁擦指甲油。我和他們隨口打了招呼就走回房間。

看到我的臉色不對，依依跟著我走進來，在我後面說：「妳臉色好難看，而且還穿著制服，是發生什麼事了嗎？」

原本「沒事」的口頭禪又要衝出口，轉身看到依依的臉，她說的那些話又從我腦海裡像跑馬燈閃過。我得學著在她們面前拋開一切束縛，不要再假裝。

於是我開口告訴依依，「今天發生了讓我很不能接受的事，但是依依……我現在真的好累好累，真的沒有力氣再跟妳說明，我現在只想躺在床上好好大睡一覺。」

依依馬上點了點頭，「好，那妳快休息，下次再說，什麼都先不要想，好好睡覺，知道嗎？」

我感激地給了她一個微笑。

依依一幫我帶上房門，我就直接躺上床，身上的衣服沒有換掉，什麼都還來不及想，眼睛一閉上，就馬上陷入了昏睡。直到樂晴猛敲我的房門，我才用力睜開雙眼，然後感謝樂晴這麼會抓時間，正好在我該出門上班的一小時前把我叫醒。

我快速地打理好自己，一走出房門，樂晴遞上她幫我準備好的早餐，我接了過來，只見她擔心地問我，「還好嗎？要不要再請假一天？妳臉色還是很不好。」

「不用啦，我昨天真的睡很飽，我這兩天的出勤紀錄有點糟糕。」要不就是都不請假，一請假就是接連著缺勤又早退。

樂晴點了點頭，不忘提醒我，「今天晚上要記得回來吃飯喔！我要做妳最愛吃的砂鍋鴨。下班時間一到，請馬上移動妳的尊腳，不要在公司繼續徘徊。啊，沒關係，我會叫學長順便把妳帶回來的。」

我微微一笑，「知道了。」

到公司後第一件事，我撥了姊姊的手機，但她手機還是轉入語音信箱。我很擔心，只好打電話給母親，向她要了姊姊的住家電話。說來真是諷刺，那麼心疼自己姊姊的妹妹，居然連姊姊家的電話都不知道，我這些年來到底都在幹麼？

「怎麼了嗎？」母親好奇地問。

「沒事，我跟姊姊約好要吃飯，但我臨時有事要改時間，她手機打不通，可能沒電了，所以我想直接打家裡的電話找她。」我面不改色地發揮演技。

母親沒有多說什麼，就把電話號碼給我，接著對我說了一句，「明怡，那天妳不應該跟妳爸那樣說話的，再怎樣妳都是他女兒啊！」話題又回到那天在餐廳發生的事。

我很委婉但是很直接地回應母親，「那也要他真的把我當作他的女兒，而不是他名下的商品，任意決定我該做什麼。」

「妳爸也是為妳好啊，事實上，妳看姊姊也嫁得不錯啊。」母親如此天真地說。

我已經無法再多說什麼，因為母親從不曾真正了解我和姊姊的痛苦。或許是戴著同樣面具的我才能看得清楚，姊姊在面具底下看著這個世界的真正表情。

和母親結束對話，我直接撥電話到姊姊家，響了很久，響到我都要放棄時才有人接起來。接電話的是有一點年紀的幫傭阿姨的聲音，她對我說：「太太剛吃完藥，在睡覺，需要我去叫她嗎？」

我馬上回絕，「不用不用，請她醒來回我電話就好，我是她妹妹。」幫傭阿姨很詳細地記錄下我的電話和名字。

「她今天看起來還好嗎？」我又忍不住繼續問。

幫傭阿姨好像覺得我問了一個很奇怪的問題，「呃……都一樣啊。」

「喔，不好意思，那再麻煩妳了。」掛掉電話，我強迫自己專心工作，卻總是忍不住看向手機，等待著姊姊來電。

果然，在我去處理ＶＩＰ貴賓時有了三通未接來電，只是來電的不是姊姊，而是官敬磊。

我看著手機，想起昨天溝通不良的場面，不知道該不該回撥。結果這一遲疑，就不知不覺來到下班時間了，直到學長進辦公室叫我，我才知道時間過得這麼快，姊姊還是沒有回我電話，而我也沒有回官敬磊電話。

「怎麼一直看著手機發呆？在等敬磊電話？」尚昱學長笑著說。

我回過神，連忙對學長搖搖頭。

「妳手邊的事忙完了嗎？樂晴和依依已經傳了Ｎ次訊息，要我把妳一起載回去。」學長露出他也無可奈何的表情。

我笑了笑，把完全沒有進度的工作留在辦公室，換好衣服，和學長一起回家。今天一整天，我完全不知道自己是怎麼過的。

回到家，一打開門，砂鍋鴨的香味幾乎快讓我跪下叫樂晴媽媽，「好香喔！」我忍不住說。

原本坐在客廳的孫大勇一看到我，馬上衝到樂晴旁邊，「耶！明怡回來了，可以吃了可以吃了可以吃了可以吃了可以吃了可以吃了可以吃了可以吃了可以吃了可以吃了可以吃了可以吃了可以吃了可以吃了可以吃了～」

接著孫大勇被依依戳了一下頭，「拜託一下，你從剛剛就不停地把水果、餅乾，還有中午沒吃完的義大利麵都放到你的胃了，你是還有多餓啊！」

孫大勇委屈地說：「我的胃很大好嗎？只要是樂晴煮的都放得進去。」說完還把頭靠在樂晴肩上撒嬌。

「哇靠，孫大勇，拜託你去打電動，你這樣子真的我快吐了。」依依受不了孫大勇和樂晴兩個人放閃。

尚昱學長走到依依旁邊，摟著依依說：「我可以比大勇更噁心。」

幫忙擺碗筷的立湘難得開口抗議，「可以不要這樣嗎？可以正常一點嗎？我很想好好吃飯。」

我笑了笑，走過去幫忙立湘。對於這種場面，我早就習慣到不能再習慣，看到我最愛的砂鍋鴨，就算吐了，我還是要再繼續吃。

大家才剛坐好開動時，門鈴突然響了。樂晴看了孫大勇一眼，他非常自覺地放下筷子，雖然表情很哀怨，還是很快起身走到門口打開門，接著轉過頭對著立湘說：「立湘，妳哥來了。」

朱季陽走了進來，手上提著一堆東西，立湘也走上前去。原來是立湘的媽媽做了一些涼拌的菜，讓朱季陽拿過來給立湘。樂晴邀請朱季陽一起留下來吃飯，於是朱季陽坐到我旁邊，開始幫我挾菜。

「沒關係，我自己來就好了。」我說。

朱季陽笑了笑，沒有回答我，還是繼續從鍋子撈了一堆食物放到我的碗裡，接著從口袋拿出兩張票給我，「明怡，我記得妳好像很喜歡看舞台劇，我朋友說這部非常好看，他有公關票，給了我兩張，妳可以約其他人去看。」

「不用了，最近我比較沒有空檔，而且樂晴她們也不愛看舞台劇，不要浪費票了，你給其他人吧！」我的生活現在一團亂，真的沒有心情去看舞台劇。

「如果妳想去，約不到人的話，我可以陪妳去看。」朱季陽微笑地看著我說，餐桌其他人也一直看著我，好像在看哪部偶像劇一樣。

我正打算把票放在朱季陽手上，門鈴聲又響了。這次樂晴都不用看孫大勇，他馬上起身，帶著同樣哀怨的表情去開門。他一看見門外的人，立刻笑了，「靠，你怎麼回來了，不是才去沒幾天？」

我聽著孫大勇的聲音，轉過頭去，竟看到官敬磊站在門口。他走了進來，這一瞬間我還以為自己在作夢。朱季陽不知道什麼時候移動位置坐到立湘旁邊去，而官敬磊就直接在我旁邊坐下，摸著我的臉，笑著說：「有這麼驚訝嗎？」

我無意識地點了點頭，心情原本有點興奮激動，卻在想起昨天的爭吵時慢慢地恢復平靜。

官敬磊的笑臉在我眼裡綻放，看他這麼來去自如，隨時牽動我的心情，我忍不住生了自己的氣，我站起身告訴大家，「你們先吃吧！」

然後轉身回房間。

官敬磊也跟著我走進來，我轉過頭看他，他也看著我，然後開口，「我昨天語氣不好，還掛了妳電話，我知道妳一定很生氣，所以趕回來要向妳道歉，請妳原諒我好嗎？對不起。」

他像個小學生一樣站得直挺挺的，滿臉歉意，接著九十度彎腰鞠躬。

我真的很沒有用，看著他的舉動，聽著他說的話，原本的怒氣馬上不爭氣地融化。我實在是沒有辦法生他的氣，不管他怎麼對我。

我嘆了口氣，「我接受你的道歉，但我也會選一次掛你電話。」

他笑了出來，走到我面前，伸出手把我抱得緊緊的，在我耳邊說：「好，只要妳不生氣，只要妳好好的，妳要怎麼掛我電話都可以。我還是想跟妳多說幾次對不起、對不起、對不起……」

他就這樣抱著我，說了好久好久的對不起。

我知道他很後悔對我大聲說話，還掛我電話，不然他不會特地回來這一趟。我也伸出手抱住他，有些誤會不需要解釋，擁抱就能化解一切。

和解之後，我和官敬磊再次出走房間。回到餐桌時，樂晴說朱季陽還有事已經先離開了。

官敬磊笑著說：「剛才都沒來得及打招呼，我還是第一次看到立湘的哥哥。」

依依吃了一口大白菜後接下去說：「因為你一年三百六十五天可能只有六十五天在台灣吧！官敬磊，你都不怕明怡被別人追走嗎？」

「不怕，因為我相信明怡。」官敬磊把鴨肉剔出來放到我碗裡，給了我一個無比燦爛的笑容。

聽了這個答案，依依翻了好大一個白眼。

樂晴接著面露凶光，看著官敬磊，用略帶威脅的語氣，「你確定？女人在孤獨的時候會做出什麼可怕的事，誰都不知道喔！我們早餐店有個客人，就是先生長期在大陸工作，結果她自己包養小王，還生了小王的孩子喔！」

官敬磊還來不及回答，孫大勇馬上放下筷子，嚴肅地開口，「好啦，我會盡量少打電動，拜託妳不要包養小王。」

我忍不住笑了出來，官敬磊看著我，眼神突然閃過一絲憐惜。他摸了摸我的頭，我疑惑地看他一眼，他只是笑著，對我搖搖頭，然後夾起一塊米血放到我口中，不讓我有發問的機會。

吃完飯後，我就被官敬磊帶回他家。老規矩，只要他在台灣，我都會住在他家。一到他住的套房，我開始熟悉地處理一切家務事，雖然他才不在幾天，但還是積了一點灰塵。我簡單打掃一下，他則是在浴室修理那盞早就該修的燈。

他修好燈，我倒了杯水給他，他開心地接過去，在我臉上親了一下。我給了他一個笑容，走回廚房打包一些垃圾，他在外面對我說：「我後天就要走了。」

和過去的每次一樣，他宣布要離開我的當下，我總會忍不住小小地發抖一下，然後和過去一樣緩緩抬起頭，對他做出一個假裝的微笑，輕聲回答，「嗯。」

官敬磊走了過來，把水杯放在洗碗槽，從我背後抱住了我，「對不起，我只能停留三天，我這次是臨時回來的，我得確定妳沒生我的氣，我才能安心去做我的事。」

我轉過身看他，「我沒生氣，只是被掛電話時有點傷心，但我還是希望你可以去面對你該面對的事。」

他看著我嘆了口氣，淡淡地說：「我和家裡的事，我需要時間想清楚該怎麼做。在這之前，我希望我們都不要再為了這件事起爭執，我不希望妳牽涉進來，所以我才不要妳和她聯絡。」

官敬磊口中的「她」，是官敬雨，他唯一的妹妹。

我無奈地看著他，「或許你覺得你爸做的事讓你和你媽成了受害者，但我覺得敬雨也很無辜，我只是希望你可以對她仁慈一點，不要這麼排斥她，可以嗎？」

他沒回答我，只是再次把我擁進懷裡，另一種不想繼續溝通的招數。

我在心裡嘆氣。

每次都被這種方式打敗，我對自己的意志力感到憤怒，為什麼面對官敬磊就是很難板起臉孔，為什麼就是沒有辦法對他發火，為什麼就是不能少愛他一點點？

到底為什麼？

夜深了，躺在床上，想到後天他又要離開，我煩躁地睡不著覺。翻來覆去好久，原本以為他睡著了，沒想他竟伸出手把我抓進他懷裡，然後用腳把我固定住，閉著眼睛說：「妳再這樣翻下去，樓下會上來抗議我的體力太好。」

我沒好氣地打了一下他的肩膀，「是在講什麼啊！」

他張開眼笑了笑，摸摸我的頭，「怎麼啦？睡不著？」

「沒有。」我說。

「沒有的話，那就是妳還在生我的氣，不打算讓我睡著。」

我伸手捏住他的嘴，官敬磊的臉一秒變成麻雀，「你少冤枉我，就算世界末日，你也照睡好嗎？」

他別過頭掙脫，然後很認真地看向我，「是發生了不能告訴我的事嗎？」接著馬上換了一張哀怨的臉，「還是真的像樂晴說的那樣，妳背著我包養小王？」

「還滿想包看看的。」我開玩笑地說。

但官敬磊不太適應我的玩笑，整個愣住，過了很久才說：「妳是認真的嗎？」

我狠狠嘆了一口氣，「這麼沒有幽默感，你才是認真的嗎？」

他笑了笑，沒打算讓我這樣打混過去，「還不說？到底發生什麼事了？妳不講的話，大家都不要睡啦，反正我明天沒事。」

我看著他，知道他最厲害的就是非常會跟我耗，所以我常常都是輸的那一方。於是我難得開口告訴他有關姊姊的事，「我昨天才知道我姊得了憂鬱症，我很擔心她。」

他聽完，臉上的表情很震驚，但也不知道該怎麼安慰我，只能用很笨拙的方式拍著我的背，緩緩說著，「沒事的，不要擔心。」

我緊緊地抱住他，只是這樣聽著他說了簡單的幾個字，聞著他專屬的味道，感受他的體溫，我就能夠這麼安心。

謝謝他在這個時候能夠在我身旁。

我們擁抱了好久，太過貪戀這樣踏實的滋味，我得意忘形地在他懷裡問了他，「有沒有可能，你不要再做志工？」

官敬磊鬆開了擁抱我的手，「怎麼了嗎？」

我搖搖頭，「只是想問，你有沒有曾經想過走別條路？」

他沒有任何考慮就直接回答我，「沒有。」

「為什麼你對這份工作這麼執著？」我心灰意冷地問。

他沒察覺我的情緒，笑著對我說：「也不是說執著，每個人來到世界上，都有適合他做的事，我想我很適合走現在的路，而且，現在這樣的生活能讓我做自己想做的事，而且還能擁有妳，我覺得很滿足。」

「就算接下來繼續這樣飛來飛去也沒關係嗎？」我心裡還抱著一點點妄想，希望他可以說出我期待的答案。

他一副理所當然似地點了點頭，我已經無話可說。

他再一次把我擁進懷中，拍拍我的背，「不要擔心，我會好好照顧我自己，我會注意安全，妳不要胡思亂想。」

我在心裡苦笑，我擔心的何止是他的安全，也擔心我們十年來的感情接下來要怎麼繼續走下去。

擁抱過後，官敬磊已緩緩睡去，而我還因為我們之間的未來失眠。原來，這就是傳說中的同床異夢。

官敬磊熟睡著之後，我悄悄換了衣服，在凌晨四點半離開。走在沒有人的街道上，想著我究竟還可以忍受多久的寂寞。

然後，「分手」這兩個字跳進了我的腦海，嚇得我差點跌倒。

我居然會有分手的念頭？

從不對任何人抱怨我的孤單，從不對任何人哭訴我的想念，就是因為我害怕他們會告訴我：既然這麼辛苦，那就分手吧！就是因為我擔心，他們看見我這些傷心，會對官敬磊產生不好的想法。

所以我才什麼都不說。

只能躲在房間、躲在棉被、躲在自己的世界，安慰自己、調整自己、武裝自己，等到一切準備就緒，再出來重新面對這個世界，讓自己看起來沒事、讓自己看起來不在乎、讓自己看起來堅強，好讓官敬磊可以安心自在地飛翔。

同時，最重要的是讓自己的戀情可以受到祝福。

但現在，我連自己的未來都不知道該怎麼走下去了。

想想也覺得可笑，原來我也只是個渴望陪伴、渴望擁有安全感，希望擁有一段平凡戀情的普通女人而已。

愛情裡，沒有任何崇高的情操，有的只是膚淺的慾望罷了。

原以為自己和別人不一樣，願意忍受一切，只要心愛的人快樂。但到最後，我還是希望有個人可以好好愛我，如果那個人不是官敬磊，至少可以是我自己。

十年了，第一次很想拋開現在所有的一切，重新開始。

我在街上遊盪到天亮，因為我不敢回去。如果這個時候回去，樂晴她們一定會覺得很奇怪，然後又會關心我的狀況。但我現在真的沒有任何力氣再多說什麼，我只好晃到公司，偷偷到員工休息室稍作休息後，換上制服準備開始工作。

就算心很累，生活還要繼續。

不再去想官敬磊的事，姊姊的事馬上就跳進了我的腦海。

如果姊姊今天再不打電話來，我就要直接殺去她家找她了。一整天都沒有回我電話，是忘了嗎？還是身體真的很不舒服？不知道有沒有好好吃藥？

我心裡湧進一陣不安的感覺，然後越想越擔心。

「主任！主任！」

小蘋的聲音打斷了我的思緒，我回過神看著站在一旁的小蘋，疑惑地問她，「妳找我嗎？」

小蘋一臉不可思議，「我叫妳超多次了，主任，妳到底怎麼了啊？我覺得妳最近臉色不好就算了，還常常失神，妳以前都不會這樣的啊！妳是不是哪裡不舒服啊？有沒有去看醫生？」

「沒有啦，我沒事。」

「如果沒事還是這種狀況，我覺得妳可能被鬼跟了。我是三太子的乾女兒，要不要幫妳安排和我乾爹見面？我乾爹真的很厲害，保證妳好吃好睡好生養。」小蘋邊講還邊打開襯衫的釦子，從衣服裡拉出一個紅色的平安符，示意要我看。

我忍不住笑了笑，「不用了，幫我向妳乾爹問好就好了，妳找我什麼事？」

小蘋一副怪我不識貨的表情，把平安符再塞回去，然後說：「就是那個北京袁先生的訂房，他祕書打來說要多住一星期，但這樣會卡到新加坡VIP的時間，他們都指定要那間房，怎麼辦？」

我調了訂房紀錄出來看，思索了一下後，對小蘋說：「幫袁先生的訂房改到十五樓，大一點的房型，浴室再幫他多安裝一台電視，他只是喜歡泡澡時邊看電視而已，再請烘焙部幫他做幾款無糖手工餅乾，隨時幫他補充。」

「OK！那我先出去了。」小蘋笑著回應。我點了點頭，她轉身打算離開時，又跟我確認一次，「真的不用去找我乾爹？」

「不用！」我很認真地回答她，看著她很失落地走出去。

我覺得我可能比較需要月下老人吧！

小蘋離開之後，我實在忍不住又撥了電話到姊姊家，連續兩通響了快要五分鐘，卻完全沒有人接聽。我只好放棄，退出通話的畫面。沒想到，三十秒後突然有了陌生號碼的來電。

我嚇了一跳，趕緊接起來。我聽見姊姊家幫傭阿姨的聲音，她語氣非常緊張，「請問是太太的妹妹嗎？」

「是，我是。」我也忍不住緊張了起來。

「太太自殺了，她剛才起床說要去洗澡，結果洗了很久，我怕她暈倒在裡面，就趕快進去看。結果她在浴室割腕，還吃了安眠藥。現在在救護車上，我們要去台大醫院，妳可不可以趕快來？我年紀大了，真的沒辦法處理這種事。」幫傭阿姨的聲音還在顫抖，說的每一句話都不停地把我往地獄推。

我沒來得及回答她，就直接結束通話，從抽屜拿了自己的包包就往外衝。小蘋看到我這麼著急，在後面喊著我，「主任，妳要去哪裡啊？」

我回過頭簡潔地對她說：「我現在有重要的急事，幫我跟老大說一下。」

一坐上計程車，我感覺眼前一片黑，懷疑是自己聽錯了。我覺得小蘋說的是對的，我一定是被鬼跟了才會出現這樣的幻覺。姊姊怎麼可能自殺，怎麼可能，太不像話了、太不像話了……

我不相信、我真的不相信。

一路上，我不停地抗拒接受這件事，不停告訴自己，姊姊不可能會自殺。直到我衝進急診室，在通道上看見一個婦人身上穿著白色上衣，上頭染了很多血，我直覺地衝到她面前，焦急地問著她，「我姊姊呢？白明翎呢？」

「唉唷喂啊！妳是太太的妹妹嗎？」她慌張地拉著我的手問。

我用力點點頭，心臟好像要跳出喉嚨一樣，「她在哪裡？」

幫傭阿姨確定我是姊姊的家屬後，鬆了一口氣，「太太還在急救，她割得很深，整個浴缸都是血，我看到都快昏倒了。我年紀也快六十了，從來沒被嚇得這麼嚴重。後來我趕緊叫救護車，太太流了好多血，旁邊還有一堆安眠藥。太太怎麼會這麼傻啊！」阿姨邊說邊哭了出來。

而真正該哭的人是我，我卻哭不出來，只能呆坐在一旁的椅子上，消化這令我難以承受的一切。

姊姊到底有多痛苦，才會用自殺來當成她唯一的出路？發生這樣的事我真的很難接受。當官敬磊告訴我，他去過的地方那些當地的人有多用力、多盡心希望自己能多活一天，我天真地認為，這個世界上，每個人都是珍愛自己生命的，無論你身處的環境有多糟糕。

活著，任何事情才會變得有可能。

但我沒有想到，我自己的親生姊姊居然打算放棄她的生命。我沒辦法相信，自殺這種事怎麼會發生在我的身邊，這兩個字不應該是離我很遠很遠的嗎？

阿姨的哭聲一直傳入我耳裡，時間流逝，我卻失去了反應的能力。我羨慕著能大聲哭出來的阿姨，而我完全動彈不得，連呼吸都變得好辛苦。

過了將近兩個小時，看見手術房被打開，我馬上從椅子上彈了起來。阿姨也跟著我跑到護理人員面前，還沒有開口，護理人員已經開始跟我說明姊姊的狀況。

手腕不只一道傷口，最深的幾乎見骨，還吃了不少安眠藥。重點是，血止住了，總共縫了二十幾針，也幫姊姊洗了胃。目前是沒事了，但醫生提醒了我一個重點，「看她的傷口這麼深，她求死意志滿強烈的，這點要好好注意。」

我跌坐在地上，腦子裡都是醫生的那句「求死意志滿強烈」……

那個總是疼愛我的姊姊，那個總是願意替我挨父親打的姊姊，那個總是偷偷塞零用錢給我的姊姊，那個總是說「妳就好好過妳的生活，爸媽那裡我會照顧」的姊姊。

我唯一的姊姊，居然要用這樣的方式，向這個世界表達抗議。

其實，在這個世界上，所有發生的劇情都是悲劇，只是有人哭著演，有人學會笑著演而已。

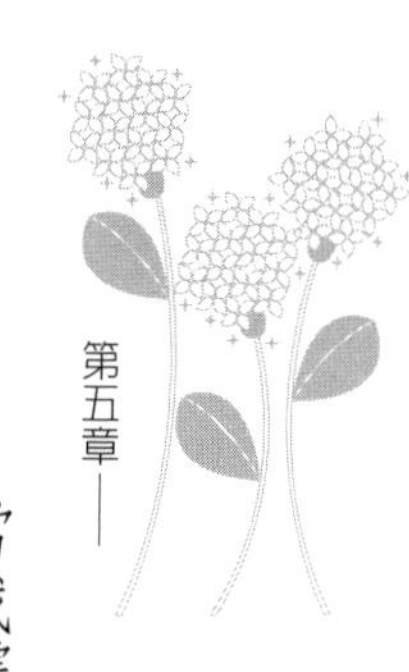

第五章——

當我需要你的時候，你在哪裡？

我坐在病房裡，看著滿臉蒼白昏睡的姊姊，總是有股搖醒她的衝動，讓她對我好好解釋這一切。到底是發生了什麼事讓她想離開這個世界，對她來說，真的一點留戀也沒有？

「白小姐……」我回過神，轉頭看著幫傭阿姨，我很感謝她救了姊姊一命，年紀這麼大，還得被姊姊這樣折騰，我請她回家好好休息，沒想到她又來了。

「阿姨，怎麼來了？」我站起身，拉了旁邊另外一張椅子給幫傭阿姨坐。

「沒看到太太醒，我實在沒辦法安心，而且妳一定也還沒有吃午餐，我買了些包子，妳先吃一點。」阿姨把包子遞給我後，坐在椅子上，擔心地看著姊姊。

我感動地接了過來，「阿姨，真的很謝謝妳對我姊姊這麼好。」

幫傭阿姨搖了搖頭，看著我說：「太太對我也很好，人又客氣，常常會買很多好吃的讓我帶回去給孫子。我兒子之前在工地上班受傷，有半年不能工作，小孩學費繳不出來，都是太太幫我的。現在我年紀大了，先生有時還會嫌我動作慢，要太太換掉我，但太太一直都不肯，我才真的要很感謝她。」

一聽幫傭阿姨說起姊夫，我才想到我根本忘了要聯絡姊夫，而爸媽那裡，我目前還不想讓他們知道，於是我開口向幫傭阿姨問了姊夫的聯絡方式。幫傭阿姨先是遲疑了一下，才從她的手機找出姊夫的電話號碼。

結果這才發現，早上趕著來醫院，我的手機好像留在辦公室了，只好跟幫傭阿姨借了手機。撥了好幾次，但都沒有人接。

幫傭阿姨在一旁看我掛了又按通話、掛了又按通話，忍不住嘆口氣，「先生不會接電話的。」

我停止了那個愚蠢的動作，轉過頭看著幫傭阿姨，不明白她的意思，「為什麼？」

幫傭阿姨一臉為難地看著我，我知道她有話想講，只是不曉得該不該講。我想，和姊姊最親近的或許不是我，而是每天跟她相處的幫傭阿姨。「阿姨，妳知道我姊姊有憂鬱症嗎？」

幫傭阿姨先是嚇了一跳，但不到五秒就恢復鎮定，難過地說：「唉，像太太過這種日子，不得憂鬱症也難啦！」

「我也是最近才知道的，姊姊不喜歡把她的煩惱告訴我，所以我不知道她發生了什麼事。妳每天和姊姊相處，妳一定知道，如果妳不告訴我的話，我就幫不了姊姊。她會自殺這一次，有可能會有下一次，如果下一次沒有人在她旁邊，她就真的會死了。」

我不是故意要恐嚇幫傭阿姨，而是我真的需要知道，姊姊結婚的這段時間她到底過著什麼樣的生活。

幫傭阿姨不停搖著頭，又不停嘆氣，過了好久才緩緩開口，「我進這個家工作也快十年了，原本先生還算是滿常回家的，和太太的感情雖然不算是非常好，但也像是對夫妻，可是沒多久之後，先生就很少回家了，有時候一個月才看得到他一次……」

「開新醫院有這麼忙嗎？」又不是要他從蓋房子開始做起，一樣在台北，一個月回家一次也太誇張了。

幫傭阿姨不屑地笑了一聲，「醫院是很忙啦，但應該是忙更多女人的事。先生原本只是偷吃，吃到現在根本是光明正大地吃，連我去送換洗衣物，都可以看到他和護士在辦公室有的沒有的，真的是……」

阿姨的話像是有人在我臉上打了好幾個耳光，又熱又辣。我以為姊姊和姊夫感情不好是因為兩個人是聽從父母的話結婚，感情自然不像一般夫妻恩愛，再加上姊姊和父親常說姊夫為了新醫院的事很忙，所以我自己猜測姊姊可能只是我和一樣，偶爾覺得寂寞，卻沒有想過姊夫居然會亂搞男女關係。

「所以，姊姊都知道？」我有點恍神地問。

幫傭阿姨一臉的理所當然，「當然知道啊！光小三來家裡嗆太太都不知道發生過幾次了，打電話來家裡來就算了，我會幫太太過濾一下，還有很多是傳簡訊、打手機給太太的，那簡訊內容喔，說有多不要臉就有多不要臉，我都不知道現在的女生很愛脫光光拍照給別人看耶，是有一次太太在家喝了很多酒之後拿給我看的。」

我覺得我現在只要一伸手就可以打破我背後的玻璃窗。我忍住怒火，再繼續問著幫傭阿姨，「那姊夫知道跟他勾搭的那些女人會來騷擾姊姊嗎？」

「知道啊，他還光明正大帶女人回來過。」

我從來沒有這麼憤怒過，我甚至想衝到姊夫面前，好好揍他一頓。他再怎麼不愛姊姊，也不能這樣糟蹋她，我一定要姊姊跟這種人離婚，垃圾。

幫傭阿姨無奈地繼續說：「其實太太跟先生提了好幾次要離婚的事，但是先生不肯，因為這樣有損他的名聲，還要太太不准在外頭亂講話，而且這次他已經快兩個月沒有回來了。」

這王八蛋，他是哪根蔥？

我不停深呼吸，真的覺得自己的情緒快要爆炸。再這樣下去，我真的會克制不住，直接衝到姊夫的醫院狠狠教訓他一頓。我對著幫傭阿姨說：「阿姨，我出去吹吹風，馬上回來。」再不出去透透氣，我覺得我會發瘋。

我走到醫院外，坐在門口旁的椅子上。天色已經漸漸暗了，看著灰藍色的天空，我能做的，只是不停呼氣吐氣，消化著這一切不可思議的情境，姊姊只是一個平凡的人啊，為什麼她得忍受自殺外遇劈腿這一切不平凡的傷痛，她什麼都沒有做，她只是聽了父親的話而已啊！

我抱著頭，蜷曲在椅子上，覺得自己到達臨界點。拜託老天爺讓我哭，讓我盡情發洩這一切，我快要撐不下去了。

「明怡？」

一道聲音在我頭頂響起。我抬起了頭，看見朱季陽，但我笑不出來也不想笑，我看著他，很不禮貌地對他說：「不好意思，我想一個人靜一靜。」

他先是一愣，接著點了點頭，然後走到離我最遠的椅子上坐下。

我看了他一眼，又回到自己的悲慘世界。我望著遠方，想著姊姊的未來，然後……我站起身走到朱季陽旁邊的位置坐下，直接問他，「你有接離婚官司嗎？」

朱季陽疑惑地搖了搖頭，「我比較主攻國際商務合約的官司。」

我有些失望，準備轉身走回去，朱季陽馬上開口說：「但我有朋友主攻這塊。」

「可以幫我介紹嗎？」我好像又燃起了一絲希望。

朱季陽點點頭，「當然沒有問題，不過……是誰需要？」

這時候，朱季陽不是立湘的哥哥，對我來說，他是個律師，於是我把姊姊的狀況好好地跟朱季陽講過一次，希望他能以律師的角度，來看姊姊的勝率有多高。他原本吃驚的臉，越來越專業，當我簡單敘述過一次，他很有自信地對我說了一句，「勝率百分之百。」

他肯定的語氣讓我安心了不少，姊姊不能再繼續過這種生活了，她明明可以擁有大好未來的。

接著，朱季陽開始聯絡他的朋友，他從他的口袋裡拿出紙跟筆，寫下了一組號碼遞給我，「這是阮律師的電話，離婚官司她沒有失手過，妳隨時可以跟她聯絡，她會給妳最大的協助。」

我接過紙條，小心地收好，很感激地對朱季陽說了聲謝謝。

「不要對我這麼客氣，我想，如果方便的話，是不是可以去看看妳姊姊？以朋友的身分。」他非常誠懇地對我說。

我點了點頭，和他一起回到病房，正好看到醫生剛從病房離開。我嚇得跑了進去，想確定姊姊是不是還好好地躺在病床上。幫傭阿姨馬上拉著我說：「剛剛太太醒過來，一直說很痛，所以護士過來幫她打止痛針，然後剛剛醫生再過來檢查一下，沒事的，太太又睡著了。」

我鬆了口氣，幫傭阿姨繼續說：「我剛打過電話給妳，可是妳沒有接。」

「手機被我忘在辦公室了。」真的得要找時間去拿回來，而且我可能需要多請幾天假了。

朱季陽站在我旁邊說：「我去幫妳拿好了。」

「不用了，我再自己找時間過去拿，你這時間在這裡應該也是來工作的，我不能耽誤你太多時間。」這樣對他實在太不好意思了。

「不會啦！那根本花不了多少時間。」

幫傭阿姨在一旁出聲，「白小姐，我看這樣好了，時間也晚了，太太剛打完針，應該不會那麼快醒。妳先去拿手機，回去整理些住院的用品，再休息一下。我先在這裡看著，等妳過來跟我換班。」

對，幫傭阿姨說的是對的，趁她還在這裡，我得先回家好好準備，於是我點了點頭。朱季陽成了我的司機，先送我到公司。當我走進辦公室的那一刻，大家都擔心地圍過來，想知道我發生了什麼事。

我只能搖搖頭，快速地從辦公桌上拿了手機，然後再找 May 姊，告訴她，我家裡發生了些事，需要請幾天假。May 姊沒有多問，只是拍拍我的肩，要我不用擔心公司的事，全部的事情都處理好之後再回來上班就好。

我感激地擁抱了她，謝謝她的體諒。看見一向冷靜的我突然有這樣的舉動，May 姊很理解地說：「能讓妳抱我，應該是滿嚴重的事，有任何我幫得上忙的地方，隨時打給我，知道嗎？」

我點點頭，接著就離開公司。

再次坐上朱季陽的車，他沒有打擾我，做著很稱職的司機。我開始看著手機裡的十五通未接來電，幾通陌生的電話，我想是幫傭阿姨的來電，樂晴和依依各打了兩通，剩下的八通是官敬磊打來的。

可是，我現在完全沒有心情回撥任何電話。

一到家門口，我剛從朱季陽的車上下來，就看到官敬磊也正好從大門走出來，我們的眼神同時對上，他臉色非常難看。

朱季陽突然也下了車，把手機遞給我，「妳差點又要忘記手機了。」接著他對官敬磊點頭打招呼。

官敬磊沒有表情地也點了下頭。

「我先走了。」朱季陽對著我們打招呼，

我轉過頭給了他一個微笑，「謝謝你送我回來。」他也給了我一個微笑，而官敬磊則像石頭一樣動也不動。朱季陽很快就離開了，大門口前只剩下我和官敬磊。

「請問妳到底是怎麼一回事？」朱季陽的車聲一消失，官敬磊馬上開口，聲音帶著點憤怒。

我正想飛奔到他懷裡，希望擁抱他可以使我得到一點點力量，卻因為聽見他的聲音，馬上打消這個念頭。

「什麼意思？」我說。

「妳一大早就消失不見，我打妳手機不接，打去公司找妳，妳同事說妳好像有什麼事，接了通電話就跑出去了，手機也沒有帶。妳知道我今天一整天都在找妳嗎？就算妳忙，看到未接來電，難道不能回我電話嗎？連樂晴和依依都不知道妳去了哪裡，妳知道我有多擔心嗎？跑來家裡等妳，結果看到妳被別人的男人載回來，現在是怎樣？」官敬磊越說越生氣，最後居然吼了起來。

對，他狠狠吼了現在滿身是傷的我。

我什麼都不想說，氣得往裡面走，他直接抓住我的手，「妳難道不想對我解釋什麼嗎？」

我轉過頭看著他，寒心地看著他，「我要解釋什麼？請問你誤會了什麼？」

「解釋妳為什麼沒在公司？解釋妳為什麼讓別人送回來？解釋妳為什麼可以不在乎我擔心了一整天，然後現在打算轉頭就走？」官敬磊從沒有這樣被我對待過，顯得非常不能接受。

他的控訴踩到我心裡最大顆的那個雷，我停下腳步，迎向他的眼神，一字一句清楚地說著，「因為我姊姊自殺，因為剛好朱季陽也在醫院，因為你總是不在台灣，所以我忘了怎麼依賴你，因為不管我生病、沮喪、挫折，我都是自己一個人，所以我忘了我還有你！」

官敬磊緩緩放開我的手，滿臉複雜情緒，我繼續說：「我手機忘在公司，剛剛才拿到，讓你擔心一整天，我很抱歉，但我現在真的不想看到你。」

我真的不知道自己居然可以對官敬磊說出這麼重的話，他嚇到，我也嚇到了。但只要多看官敬磊一眼，我的心情就會更沉重，明明現在的我是多麼需要他的陪伴，卻在此時此刻沒有辦法面對他。

我移開了視線，抬起腳步往前走，和他錯身而過。原來如此熟悉的人，在此時此刻竟變得陌生。

關上大門的那一刻，眼淚流了下來。我快速地擦掉，不想被任何人發現。

我不能繼續哭，因為我現在沒有時間哭。

一回到家，坐在客廳的樂晴馬上從沙發彈起來，跑到我面前不停地說：「天啊！妳去哪裡了？下午官敬磊打來找妳，說妳不在公司，也不知道去哪裡，我都快嚇死了，依依還打給尚昱學長……」

「發生了一點事。」我開口制止了樂晴，我怕她再一直說下去會喘不過氣。

「什麼事？妳沒有這樣突然不見過，大家都快擔心死了。」

「我姊出了一點事，現在在醫院，我得趕快整理一下，去醫院照顧她，之後再詳細地跟妳說。」姊姊的事哪是三言兩語講得完？

樂晴點點頭，「好，妳快去整理。」

我感謝地給了她一個微笑。

接著，我走回房間，開始整理一些必需品。上次在醫院照顧病人已是好幾年前，樂晴為了開早餐店累出病來，我和依依還有立湘輪流去醫院住了幾天，現在早就忘了該帶些什麼，只能胡亂地往包包裡面塞，帶了滿滿一袋。

我到浴室快速地洗了個澡，再回到房間時，依依和樂晴正坐在我的床上，滿臉擔心地看著我。

我下意識地對她們露出了微笑。

依依的表情馬上充滿怒氣，然後對我說：「都什麼時候了還露出這種表情，不是跟妳講過了嗎？心情不好妳就盡量臭臉，有什麼關係？」

樂晴拉了拉依依，怕她講話太直接，傷了我的心。

其實我還滿想臭臉的，想對一切不滿臭臉，但一輩子沒有臭臉過，不知道臭臉該怎麼擺，只能無奈地對她們笑了笑。

依依更無奈地嘆口氣，應該是覺得我很不成材，她接著說：「妳剛和官敬磊在樓下講的那些，我都聽到了。」

我驚訝地看向依依，在一旁的樂晴並沒有什麼特別的表情，我想，在我洗澡時，依依應該把剛剛的事都跟樂晴說過一次了。

這樣也好，大家都知道了，我不用再重述一次姊姊自殺的事，不用再重複一次和官敬磊吵架的事，有些痛真的不用重新經歷一次。

「我不是故意要偷聽的，我剛好從路口走回來……」依依解釋著。

我搖了搖頭，笑著說：「沒關係啦，我覺得很好，因為妳們也知道，有些事我很想講，又不知道該怎麼講……」

樂晴走過到我旁邊，勾著我的手，安慰著我，「換成是我，我真的一定會嚇死，哭到什麼事都做不了，妳怎麼可以這麼堅強？」

「官敬磊看起來滿失落的……」依依接著說。

依依的話又狠狠打了我的心一下，我只能苦笑，不知道該說什麼。想著剛剛發生過的爭執，我自己也沒有想到會對他說出那樣的話，想著他的表情，心裡又是一陣苦澀。

「我覺得這樣不行！我陪妳去醫院，不然妳自己在那裡，如果有事要人幫忙怎麼辦？反正我沒事啊，我就算一個星期沒有去早餐店，早餐店都能運作得很好。」樂晴提議著。

「我也可以去啊！老闆出國，我也可以請假。我們一起過去好了，這樣也有個伴。」依依附議著。

「不用啦！我自己過去就好了，如果需要幫忙，再打電話回來，我不想因為姊姊的事，打亂妳們的生活。」對於她們的貼心，我真的很感激。

一說完就被罵了，「拜託一下，妳講那什麼話，什麼我們的生活？妳也是我們的生活之一啊！」

「對啊，家人之間不是本來就應該互相幫忙嗎？講成這樣，好像我們有多不熟，妳不該掌嘴嗎？」

就這樣被唸了快十分鐘，直到要出門時，樂晴遞了一袋東西到我手上，「我隨便做點三明治，還削了些水果，妳要照顧姊姊也要記得吃東西。」

我接了過來，依依在我身上披了件薄外套，「醫院會冷，妳穿這樣不夠，雖然妳覺得不用我們陪妳留在醫院，但我還是要過去看一下，免得妳有事需要幫忙，我們只能變成無頭蒼蠅，康尚昱在樓下了，我們一起送妳過去。」

我看著她們，覺得眼淚好像要流出來了。能夠有她們的支持，我真的很幸運，比躺在病床上的姊姊幸福太多。

到了醫院，我請幫傭阿姨回家好好休息，接下來的時間我會好好照顧姊姊，請她不用擔心，但幫傭阿姨還是說她有空一定會過來看看姊姊。

我打從心底感謝她為姊姊的付出。

依依一臉不可思議地看著病床上的姊姊，眼眶漸漸變紅，「我明明前兩個月才看過姊姊，她怎麼會突然瘦這麼多。」

我幫姊姊整理了一下被子，抬起頭看依依，把姊姊發生過的事仔仔細細地說了一次給依依聽。依依從心疼變成憤怒，就連站在一旁好脾氣的尚昱學長都忍不住出重話，「沒看過這麼糟糕的男人。」

依依瞪了一下學長，生氣地說：「用糟糕這兩個字對嗎？用敗類兩個字都便宜他了！」接著看著我說：「我無條件支持姊姊和這種人離婚，任何需要我幫忙的，直接跟我說，朱季陽的律師朋友如果不行，我老闆也有不少朋友是律師，我可以請他幫忙，律師費的部分，也算我一份！」

我笑著點了點頭，其實我最擔心的不是我律師的問題，也不是律師費，而是我父親。那個面子比任何事都還要重要的父親，如果知道姊姊要跟他眼裡的金龜婿離婚，不知道又要說出什麼話了。

他真該看看姊姊現在這副模樣。

依依和尚昱學長待了快兩個小時才離開，病房裡只剩下我和姊姊。看著她蒼白的臉色，我在心裡盤算要怎麼解決這一切，該什麼時候通知父親和母親，該什麼時候到醫院找姊夫，看到他該先給他一巴掌，還是先潑他一身水。正當我陷入思考，姊姊終於醒了。睡了一整天，她總算是把眼睛打開了。

我看向她，強壓住內心的激動，因為我怕我一開口就會忍不住責罵她，為了不讓她更加痛苦，我只能忍、只能冷靜，姊姊也看著我，表情從恍惚轉換到認清現實，沒有開口說任何一句話，就這樣動也不動地躺在病床上，開始放聲大哭。

所有想問的話在口中，變成了潤喉的唾液，消失在我的喉嚨裡，一個字都說不出來，只能握著姊姊沒有受傷的那隻手，讓她知道，此刻這一秒，在我的陪伴下，她可以盡情宣洩。

姊姊就這樣哭了好久，等到她恢復平靜，我請護理人員來看看她，確定沒有什麼狀況後，護理人員才離開。我幫姊姊把病床升起，拿水用吸管讓她喝了一些。

她醒來後半個小時，我們才開始有了對話。

「我明天會打給爸，我會告訴他們全部的事，包括妳要離婚的事。」我直接幫姊姊做好了決定。

姊姊看著我，表情非常驚訝，不明白我為什麼會知道那些事。

我開口解決了姊姊的疑惑，「幫傭阿姨把所有事情都告訴我了，除非妳現在告訴我，妳不想跟他離婚，那我明天早上就不會打給爸媽，那我們就假裝今天這件事都沒有發生過。」

我不相信姊姊會願意再繼續過這種生活。

姊姊嘆了口氣，臉上露出彷彿人生已經結束的神色，對我說：「不用了，爸爸早就知道正雄在外面偷吃，他說女人就是要忍耐，再加上正雄現在需要其他董事的資金，為了維護他的形象，他不可能跟我離婚的。」

「妳說爸早就知道了還要妳忍？」我高分貝地吼了起來。

姊姊難過地點了點頭。

我整個人僵在原地，發現我所認知的愛面子的父親、專制的父親、罷道的父親，這些種種只不過是他的十分之一，另外十分九的殘忍，是我想都沒有想過的。

一個好好的父親，怎麼會讓自己女兒陷在這樣的深淵？

「那妳呢？妳真的要繼續這樣嗎？」我問姊姊。

姊姊用力地搖頭，「我不要，我真的不想要，我每天都被電話騷擾，手機、家裡，還有找上門的女人，我真的快發瘋了。我真的不想繼續這樣下去，但他不跟我離婚啊！他不放我走啊！我要怎麼辦？我什麼都做不了！」姊姊越說越失控，我緊緊地抱住她。

「可以的，可以的，我會幫妳，妳不是自己一個人，我會幫妳，我一定會幫妳。有我在、有我在。」我撫著她的背，擔心她太過激動，手腕上的傷口會拉扯到。

姊姊慢慢緩下情緒，默默哭了出來，「真的可以嗎？我真的可以離開那裡？」

「可以的，但是妳要堅強。從現在開始，和我一起堅強，我們一起面對這一切，做傻事只是逃避，解決不了問題，知道嗎？」

她點點頭，慢慢冷靜了下來。

我要姊姊把所有的事好好重新說過一次，好好整理自己的情緒，我得把所有過程了解清楚，才能夠幫她。於是，一整個晚上，我聽著姊姊婚後的生活，姊夫對她的傷害，還有她所隱忍的一切。

當姊姊把痛苦一字不漏地全說出來，我發現她的表情輕鬆許多，情緒也漸漸平穩。

「這些事，妳早就該告訴我了。」我對姊姊說。

姊姊苦笑著回應我，「我不想讓妳擔心。」

好一句每個人都愛逼死自己的名言，我也是愛用者。但我下定決心，從今以後不再說這句話。

「但妳現在這樣，我不是更擔心嗎？」我很認真握著姊姊的手，繼續對她說：「接下來會是一場硬仗，我希望妳做好心理準備。妳可能會失去爸媽，但至少妳會擁有自己。妳現在要做的第一件事，就是什麼都別想，為妳自己，為白明翎活下去，可以嗎？」

我順便把我初步的打算告訴姊姊，她看著我，艱難地點了點頭，我想，她很清楚接下來會面臨多大的風暴，不只是她，還有我。

讓姊姊吃過藥後，沒多久她又睡著了。而我則是等待著時間過去，毫無睡意，全身上下的細胞都在警戒。因為天一亮，我就得要開始戰鬥，結果會是什麼，其實我也沒有把握。

沒有人有選擇戰場的權利，因為這就是人生。

早上八點一到，我打電話請樂晴和幫傭阿姨過來一趟，請樂晴陪幫傭阿姨回去家裡，把姊姊的東西稍做整理，讓樂晴先帶回我們家，因為我沒打算再讓姊姊回去那個鬼地方。

「樂晴，最重要的是手機和證件，一定要帶回來。」我對樂晴千交代萬交代，希望那些女人騷擾姊姊的訊息和電話都還在，那一切都會簡單很多。

她用力點點頭，「沒問題，這個交給我，我煮的那個鮮魚粥，等姊姊醒過來就讓她喝一點。」

「好，謝謝妳。」我握著她的手，感謝她幫我設想那麼多。

接著我打電話給依依，請她過來幫我照顧姊姊。我打算回屏東一趟，我要好好詢問父親，自己女婿偷吃他還能裝做若無其事，到底是什麼心態。

依依馬上說好，不到半小時，她已經出現在我面前了。

「妳去辦妳的事，姊姊這裡我會處理，不會讓她傷到一分一毫，妳放心。有任何問題，我隨時會和妳聯絡。」我完全不用多說什麼，有依依在，我非常安心。

我搭了計程車到台北車站，高鐵加上客運，總共花了三個多小時，一路上我都在想，我第一句要說什麼，一直到走進家門的前一刻，我仍然沒有想到最好的台詞。

沒有遊子返鄉的期待，只能抱著談判的心態，頭腦一片空白地走進家門。媽媽看到我回來，嚇了好大一跳。

「妳怎麼回來啦？休假嗎？怎麼沒有先說一聲？」媽媽雖然驚訝，但看到我回來，還是非常開心。

「爸呢？」我的聲音沒有任何表情，質問著媽媽。

她擔憂地看著我說：「怎麼啦？別一回來又要找妳爸吵架，上次在餐廳的事，他還在氣頭上，別再惹他生氣了。」

這種話只會把我惹得更毛，我無奈地對她說：「媽，妳為什麼這麼怕爸生氣？為了不讓他生氣，妳要默許他的所有行為嗎？妳知不知道妳有時候也很離譜……」

話還沒有說完，我已經聽到砰一聲摔門的聲音。

不用想也知道是父親，不用想也知道他又要開口對我大罵，「妳現在是在說什麼？不是不想當我女兒，滾回來這裡幹麼？妳要撒野回台北去就好了，我這個家沒有妳這種不知道尊重長輩的女兒，搞清楚妳是什麼身分，還敢這樣對妳媽說話？」

來得剛好。

我轉過頭看他，覺得父女之間走到這樣怒目相對的地步，實在是一件很悲哀的事。我走到父親前面，母親趕緊跟在我身後，深怕我又要惹出什麼事，緊緊防守。

「我想問你是不是知道平常姊夫就會在外面亂來？」我直接問，母親在我身後倒吸了一口氣，父親則是瞪大眼看我，不願意承認。

「你既然知道姊夫對不起姊姊，為什麼你還不讓姊姊離婚？還在大家面前說姊夫有多了不起，你不覺得丟臉嗎？」我繼續說。母親趕緊拉著我，父親的臉開始扭曲，果不其然，他狠狠甩了我一巴掌。

下一秒，我看到官敬磊從門口衝了進來，站在我跟父親中間。

現場所有的人都看著官敬磊。從來不想讓家裡的人知道有他的存在，是為了保護我們的感情，是為了讓他更自由地做自己的事，他只知道我家在屏東，但屏東這麼大，他是怎麼找來的？

「白伯伯，有事好好說。」他甚至開口對我父親說話。

「你誰啊？」父親氣得朝他破口大罵。

沒讓官敬磊回答，我把他拉到我身後，對父親說：「他是我朋友！」接著再把話題轉到我今天回來的目的，「我有時候很懷疑我和姊姊真的是你的女兒嗎？你知道姊姊過得很不快樂嗎？」

父親再度發火，「快樂能當飯吃嗎？她嫁給正雄，有少吃過一頓飯嗎？住好房子開好車，物質生活富裕，她還要求什麼？男人年輕時在外面玩樂是很正常的事，年紀大了就回會到老婆的身邊。正雄在外面再怎麼偷吃，也沒有影響到妳姊正宮的地位，妳在這裡發什麼瘋？」

「這就是為什麼我們沒有辦法溝通！你愛面子是你的事，你要有醫生女婿是你的事，你沒有想過姊姊的心情，居然還要自己女兒忍耐，跟一個會劈腿的人當夫妻，你還算是個父親嗎？」對於父親的發言，我氣到快哭了。

父親怎麼會容許我頂撞，一伸手又是要一巴掌過來。但官敬磊在半空中攔截了父親的手，還是那一句，「白伯伯，有話好好說。」

父親生氣地甩開官敬磊的手，對著他說：「我家不歡迎你，給我滾出去。」

官敬磊沒有回應，依然站在我的旁邊，父親看到這一幕更生氣，對我吼著，「妳也給我出去，我這輩子就當沒有妳這個女兒！」

像是聽到耳朵長繭一樣，我一點感覺也沒有，只要一不順父親的意，最常聽到的就是「當我沒生過妳」，但很可惜不只是要當沒生過我，可能還要沒生過姊姊。

「我會盡我一切的力量幫姊姊辦好離婚，我今天回來就是要跟你說一聲，請不要再做醫生女婿的夢，你可以慢慢想理由，好告訴親戚朋友，姊姊是怎麼離婚的！」我淡淡地對父親說。

父親氣得滿臉通紅，喝斥了我，「妳敢！」

我看著父親的臉，很沉痛地對他說：「姊姊都敢不要自己的命了，我還有什麼好不敢的！」

母親聽到，緊張地拉著我說：「明怡啊！妳在亂說什麼啊！」

我難過地看著媽媽，把事實告訴她，「妳知道姊姊有憂鬱症嗎？妳沒發現姊姊越來越不對勁嗎？她昨天自殺了。要不是幫傭阿姨及時發現，我們今天就不會在這裡見面，會是在殯儀館！」

媽媽不能消化我的話，跌坐在沙發上，一臉茫然。我轉過頭去看父親，他也不能接受，一直看著我，不敢相信我說的話。

「我會好好照顧姊姊，你們不用擔心，但在確定姊姊情緒穩定之前，我不希望你們見面，尤其是爸。姊姊從小就很努力，要做你心目中的好女兒，她拋棄了最愛的畫畫，走你選的路，走到今天這個地步，她還期待你的認同，希望家庭和樂，把所有難過都自己藏在心裡。變成今天這樣，我也有錯，我沒有花更多時間陪姊姊，沒有對她付出更多的關心。所以，從今天起，我要讓姊姊走回原來的路，不需要你的贊成或支持，更不需要的是你的反對。」我每說一個字，都認真地看著父親的表情。

我要看他如何清楚地了解，他所說的每一句話，為我們所做的每一個決定，為何會成為我和姊姊的陰影。

父親不發一語地走回房間，我望著他的背影，對他能有的期待，就是希望他不要再阻止姊姊離婚，就只是這樣而已。

母親則是在父親走進房間後哭了出來，哭得聲嘶力竭。我第一次看到如此失控的母親，忍不住後悔自己把話說得太重，我坐到母親旁邊摟著她，她在我懷裡哭得像個小孩。

很諷刺的是，或許除了嬰兒時期，我和姊姊都沒有在母親的懷裡哭泣過。

一再向媽媽保證我會好好照顧姊姊，也保證會隨時和母親報告姊姊的狀況，她的眼淚才停止。今天她和父親都受到了不小的打擊，尤其是父親，他創造的假象被真實地曝露出來，他該有多震撼，最難以接受整件事的，或許不是其他人，就是父親。

離開前，我對母親說：「好好照顧爸爸吧！」這大概是我唯一能付出的關心了。

於是，我在家待不到一個小時，又走出家門。不知道怎麼說這種奇妙的感覺，家是家，但家卻不像家，對於這三十一年來的遺憾，我只能無奈地笑笑。

官敬磊從後面跑了過來，拉住我的手。我沉浸在和家人的糾結當中，完全忘了他也跑來屏東，他也陪我打了這一仗，我轉頭看他，想問他怎麼會來時，他拿了毛巾包著冰塊，直接敷上了我被父親打的那一邊臉頰。

「痛嗎？」他擔心看著我問。

我失控地抱住了他，感謝在這個令人窒息的時刻，我還有他在身邊。

你可不可以，就這樣一直在我身邊？

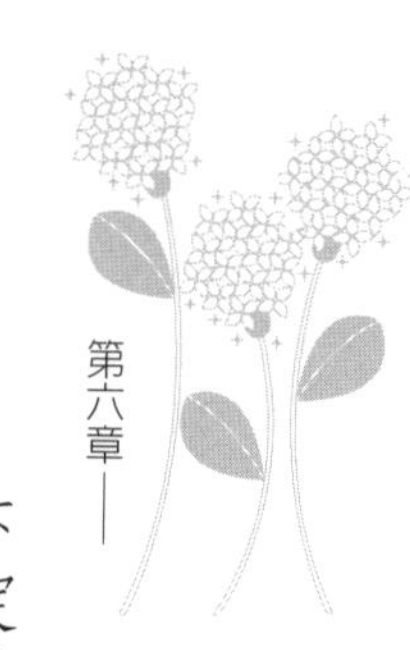

第六章——

下定決心，好像也沒有那麼難

不知道我和官敬磊在馬路邊擁抱了多久，直到我覺得夠了之後才鬆手。他再一次把冰塊敷上我的臉，我開口問他，「你怎麼會來？」

「依依跟我說的。」他仔細檢視著我被打腫的臉龐，伸出手觸碰皮膚的溫度，皺了下眉頭。

我點點頭，那他什麼都知道了，我也什麼都不用說了。

「我很抱歉，我不知道發生了這麼嚴重的事，還跟妳鬧脾氣，我真的……」他嘆了一口氣後繼續說：「我甚至不了解妳和家裡的人相處的狀況，我以為有什麼事，妳會開口告訴我，我沒有想過妳自己一個人面對了那麼大的壓力，我真的是一個很不及格的男朋友。」

我沒看過官敬磊這樣的表情，滿臉都是對不起，滿臉都是自責。

「我拜託妳以後不要再跟妳爸硬碰硬，妳知道妳爸那一巴掌打得多用力多大聲嗎？本來還想按門鈴，但一聽到聲音我就直接衝進去了。妳知道我看了多心疼、聽了多難過嗎？不能溝通的時候就先不要溝通，冷靜之後再說。」

「我沒有打算和他溝通，我今天來，只是告知。」我說。

我寧願和蟑螂溝通，也不妄想和我父親達成共識。

官敬磊超無奈地看著我，「好，那妳告知時拜託離妳爸遠一點，五百公尺，讓他無法一伸手就可以打妳巴掌，我不希望之後我不在的時候還發生這種事。」

之後我不在的時候……一句話讓我想起他即將又要離開的事實。

不停地和我離別，這樣的狀態到底要持續到什麼時候？我覺得好厭倦，推開他幫我冰敷的手，我轉頭往大馬路走去，準備搭計程車到客運站。

官敬磊跟了上來，「怎麼了？」

我搖搖頭。

官敬磊拉住我，我停下腳步，他站到我面前，臉上露出焦躁的表情，「就算妳搖頭，我還是知道妳有事。妳要跟我說，我才會知道啊，妳什麼都不說，我要怎麼猜？我沒有那麼厲害好嗎？」

他很煩躁，但我又何嘗不是？

有很多事，的確我是該說了，十年了，真的夠久了。我看著官敬磊，「好，我說，但我說了，你就做得到嗎？」

他認真點了點頭。

「那你不要走，在我這時最需要你的時候，你不要走，不要再做這份工作，可以嗎？」我說。

官敬磊馬上面露難色。

果然，不知道是我天真，還是他太天真。

「做不到，對不對？」我難過地看著他。

「不是，而是太突然了。因為我這次回來也是很臨時，那裡也有該完成的進度，不能馬上說不做就把所有的事都丟下，更何況，妳不是一直支持我的嗎？」官敬磊對我的要求感到非常唐突和不習慣。

就像每天讓小孩子吃糖果，他會以為全世界的味道都是甜的。

「我現在不想支持你了，我很累，我也需要有人陪伴，而不是在我最需要你時，還要不停看著不知道什麼時候才會響的手機。你有想過我的心情嗎？對，我支持你，那是因為我很愛你，但我們在一起多久了？十年、十一年？你還要我過這樣的生活多久？你有沒有想過，再下一個十年，我就四十歲了！」我失控地對他說。

他震驚地看著我，對於我的坦白，無法消化也無法反駁。

我嘆了口氣，掙開他拉住的手。我覺得我和官敬磊的未來似乎已經到了盡頭，那個以為會在一起一輩子的人，突然離我好遠。

從公車上到高鐵上，我看著窗外，他閉著眼睛，官敬磊沒再跟我說過任何一句話。回到台北，他先送我到醫院，陪了我上樓，我進到病房，看見立湘、依依和朱季陽都在裡面陪著姊姊，病房裡的氣氛好歡樂。

姊姊臉上露出了微笑，我看著，激動得好想哭。

官敬磊朝姊姊打招呼，「姊姊，妳好，我是明怡的男朋友。」

姊姊愣了一下後，隨即恢復笑容，回應官敬磊，「你好，我們家明怡就要麻煩你多照顧了。」

「我會的。」官敬磊邊回答著姊姊，邊看著我，但我把頭別了過去。

姊姊擔心地問我，「妳回屏東，爸媽怎麼說？」

我握著姊姊的手，很認真告訴她，「妳不要在意爸媽怎麼說，妳要在意的是，妳現在要快樂地活下去，妳要在意的是，妳要怎麼去過妳接下來的日子。爸媽生氣還是難過，那是他們自己要解決的問題，妳有妳的人生，他們也有他們的人生，妳從今以後要想的就是怎麼當好白明翎，而不再是白旭光的女兒！」

姊姊頓時紅了眼眶，對我點點頭，「好，我會努力。」

得到了姊姊的保證，我欣慰地點了點頭，看著姊姊問：「今天還好嗎？醫生怎麼說？」

「吃過藥，也換了藥，醫生說要再聯合精神科那邊做些檢查，看看是不是還有要住院的必要，如果不用，就可以先出院了。樂晴把姊姊的東西都帶回家了，然後她現在在家煮東西，等等大勇會和她一起過來這裡，開、趴、踢！」依依快速而且命中核心地回答了我的問題，我感動地朝她點點頭，她拋了個媚眼回應我。

姊姊也笑開了，反握著我的手說：「沒事了，我覺得我可以出院了。」

「不行，要等全部的醫生都說可以。」我馬上拒絕。

「好。」姊姊突然很爽快地回應了我，對我笑了笑。我也笑了，多希望她一直能保持這樣的狀態。

官敬磊突然開口對姊姊說：「姊姊，不好意思，因為我還有工作，要先離開，妳要好好照顧自己，我們下次一起吃飯。」

姊姊點了點頭，「好，你去忙，下次一起吃飯。」

於是官敬磊起身離開。姊姊看我還站在原地，對我說：「妳男朋友要離開了，妳不去送他一下嗎？」

依依似乎也察覺到我和官敬磊有點不對勁，便附和姊姊的話，「對啊！不送一下妳男朋友嗎？」

我只好艱難地邁開腳步，和官敬磊一起走出病房。從屏東回來的路上一直到現在，我們沒有講過半句話，真的非常尷尬。我們從來沒有遇過這種情形，誰也不知道要怎麼開口。

到了電梯口，我看著他說：「路上小心。」便打算回病房。

「明怡！」官敬磊叫住了我。

我停住腳步，回過頭看他，他對我說：「我很抱歉，但我保證我會盡快處理完事情，回來陪妳。」

我應該要接受他的說法，然後說一句「我等你」，那會是最好的離別 ending，但我說不出口，我無法再假裝我們之間沒有任何問題。

我無情地說了一句，「隨便你。」接著頭也不回地離開。

我沒有直接回病房，而是走到了安全梯，無聲地流著眼淚，不敢想像官敬磊的表情會是如何，更不敢相信自己居然會對他說了這樣的話。愛換了一種態度居然可以這麼殘忍，我難過地坐在樓梯上哭了好久好久。

直到情緒平復了一點，我到洗手間確定自己沒有任何異樣才回到病房，樂晴和大勇也都來了，姊姊正在喝樂晴煮的粥，其他人也正在吃樂晴做的三明治和飯糰。

樂晴看到我走進來，馬上塞了一個飯糰到我手上，「妳愛吃的燒肉口味。」

我笑了笑，拉著樂晴說：「謝謝妳，真的，讓妳這麼辛苦。」

「三八啊，姊妹之間講這個很噁心耶！」樂晴用手肘頂了我一下，接著問：「官敬磊走了喔？」

聽到他的名字，我的心還是忍不住抽痛一下，接著點了點頭。

依依看了我一眼，我知道她又看出些什麼了，現在幾乎是赤裸裸的我，其實什麼都不在意了。

等姊姊吃過飯和藥之後，樂晴拿了姊姊的手機給我，還有一個大信封，對我說：「手機我沒有看，這信封是阿姨拿給我的，她說是在姊姊房間的垃圾筒看到的，本來想要丟，但覺得這女人太過分，就想著要留起來，以後應該會用到，結果真的派上用場，超、精、采！」

我稍微看了一下，床上的各種照片精采到讓我想吐。

姊姊看著熟識的信封苦笑地說：「這是三年前，直接寄到家裡來的，這女人好像是醫院裡的護士長，那時候天天打電話來叫我離婚。」

我把信封丟到一旁，把手機遞給姊姊，「那些女人傳給妳的簡訊、圖片，妳都還留著嗎？」

姊姊接過手機，搖了搖頭，「太噁心了，我看到都是直接刪掉。」

姊姊剛說完，手機馬上叮咚響了兩聲。沒讓姊姊看，我直接把手機搶了過來，一打開，是一個短片，我按了 play 鍵，嗯，令人尷尬的聲音傳了出來。我馬上按掉，病房陷入一片寂靜。

我清了清喉嚨，搖搖手機說：「好在來了個救星。」

依依疑惑地說：「妳確定？」

我點了點頭，然後對朱季陽說：「你明天可以陪我去一個地方嗎？我想有這個就可以讓我姊夫……不，讓那個男人直接離婚了，不用打官司！」我需要一個律師，不管是主攻什麼的。

他點了點頭，「沒有問題。」

「妳一定要小心，我不希望因為我的事連累到妳。」姊姊擔憂地看著我。

我笑了笑，「所以我才要帶律師去啊！」

突然覺得有些事並沒有那麼難，包括面對有錢有勢的姊夫，包括面對我和官敬磊的未來，站在難關前面，往前走就對了。雖然我不知道明天會怎樣，我也不知道我和官敬磊會怎樣，我們還是要往前走。

樂晴和大勇留在醫院陪姊姊，我被依依和立湘帶回家洗澡稍做休息，朱季陽送我們到家門口後，和我確認了明天的時間，就先離開了。

連續幾天沒有好休息，說真的，我非常累，但又非常亢奮，因為我有很多事要做，而且都得要做好。

回到家第一件事，我打電話回屏東老家，媽媽的聲音無力地從電話那頭傳出，一聽到是我，才又馬上恢復精神，不停地問著姊姊的狀況，「媽，姊姊好很多了，明天醫生再檢查過，確定沒事，我會先接她回來我這裡住，不會讓她自己一個人。」

「還是讓妳姊姊回來家裡住，我可以照顧她。」母親說著。

「不方便。」我很抱歉我這麼說，我可以理解母親的心情，但我沒辦法把姊姊丟在有父親的環境裡，然後不知道什麼時候會爆炸。

「等姊姊穩定一點，妳再上來看她。不要擔心，我會好好照顧她的。」安慰了母親許久，她才肯掛掉電話。

一掛完電話，依依走進房裡，「我幫妳放好熱水了，去好好泡一泡，休息一下，剛才樂晴打給我，說姊姊已經睡著了，她叫妳不用過去，她和大勇在那裡就好了。」

「怎麼可以，他們兩個也都很忙，怎麼能讓他們熬夜照顧我姊？」我已經麻煩大家太多了。

依依翻了個白眼，「妳真的很煩耶，就說了依賴我們一下是會死喔！妳好好休息，明天還有更重要的事要忙，是在硬撐什麼啊！都給妳做，妳最厲害這樣好不好？」

我笑了笑，感嘆地說：「還好我有妳們。」

「其實妳擁有的很多，只是妳不知道而已。」依依很帥氣地對我一笑，轉身離開。

看著她的背影，我打從心裡微笑了好久。

「再不出來，水都冷掉了。」依依在客廳喊著。

我這才回過神走到浴室，好好地泡了個澡，覺得全身都好像活了過來。換上乾淨舒適的衣服，才真正有了放鬆的感覺。立湘泡了杯薰衣草茶給我，「很晚了，我想妳不應該喝咖啡。」

我笑了笑，接了過來，摸摸她的頭。不適應肢體接觸的她，邊躲邊跑回房間。

我和依依一起坐在沙發上，她把正在看的電視新聞關掉，轉過頭來看著我說：「妳今天和官敬磊吵架了？」

我不想再說沒事，我直接告訴依依，「回台北的路上發生了一點口角。」

依依語重心長，「早上妳打電話給我說要去屏東時，我真的很擔心。一方面妳在氣頭上，另一方面妳爸的脾氣很硬，我很怕會有什麼不好的衝突，所以我只好打給官敬磊，我覺得有些事，他要陪妳一起承擔，就像妳幫他承擔那樣。」

我點了點頭。

她繼續說：「再加上你們昨天晚上也吵架，我想，趁這個機會，你們有時間可以好好談一談，結果又害你們吵架了！」依依滿臉歉意。

「不要這樣說。」我其實很感謝依依，當官敬磊擋在我面前那一刻，我才真正承認了自己的脆弱。

原來我要的，跟所有女人都一樣。

「他好像也是都沒什麼睡，問了姊姊的事，還有妳家的事，不過我沒有說太多，我覺得妳的問題，妳要自己跟他說。不過……我覺得官敬磊比我們所想像的還要愛妳，嗯……女人的直覺。」

我知道他愛我，可是，我們相愛的方式，正嚴重地受到考驗。

我嘆了口氣，不知道該說什麼，依依把我從沙發上拉起來，然後推進房間，「好吧！我真的覺得我不應該在這個時候再去說這些，順其自然吧！妳趕快睡覺，明天還有很多事要做，我起床後會去醫院和樂晴交班，不要擔心，知道嗎？」

已經感激到不知道怎麼感激了，我對著依依點點頭，她微笑地關上我的房門，我躺在床上，想著要做的事，想著官敬磊，不知不覺睡著了。

直到窗簾間透進來的陽光把我喚醒，已經早上八點多了。想起和朱季陽約在九點，我趕緊坐起身，伸了下懶腰後馬上跳下床去洗臉刷牙。立湘在客廳看書，看著我在房間和廁所，不停穿梭。

我從包包裡拿出手機，要提醒朱季陽早上有約，看到了手機裡有封簡訊，是官敬磊傳的，「我到了，等我回去，我們再慢慢談。」時間是昨天凌晨兩點五十九分。

我退出訊息，撥了朱季陽的手機。

「我在門口了。」他說。

我把手機再丟進包包，很快地跑到樓下。朱季陽給了我一個燦爛的微笑，我上車，他遞了杯咖啡到我手上，「我想妳可能需要。」

我用力點了點頭，我可能可以沒有官敬磊，但我真的沒有辦法不喝咖啡，我是咖啡病的重度患者，不管是失眠還是頭痛，都需要它陪我度過每一天。喝了一大口，原本有點緊張的心情才得到了一點舒緩。

要談判啊！比我偷偷在志願卡上填台北的大學更令人忍不住發抖。

朱季陽看我猛喝咖啡，笑了笑對我說：「不用擔心，我在這裡，講妳想講的，做妳想做的。」

我轉過頭看見他溫暖的笑容，覺得很遺憾，對我說這話的人為什麼不是官敬磊，但我還是很謝謝朱季陽，有個律師在，我的確安心很多。

到了醫院，我坐在即將是前姊夫的診間外，等著裡頭的病人走出來。護士正叫著下一個就診的病人時，我直接開門走進去，護士們嚇了一跳，急忙地問我的掛號順序。

穿著醫生白袍的人剛好抬起頭看我，先是疑惑，接著三秒後露出令人作嘔的笑容跟我打著招呼，「是小姨子吧！好久不見了，上次見面都不知道什麼時候了，越來越漂亮了，怎麼來了？身體不舒服嗎？」

我沒有回答，直接坐在他面前，而朱季陽站在我後面，什麼認親還是客套話已經沒有演出的必要，我直接對著這張噁心的臉說：「姊姊自殺了。」

他瞪大了眼睛，不是驚訝，而是有點心虛，然後很快掩飾了自己的心虛，假裝痛苦地說：「怎麼會這樣？」

如果樂晴在現場，肯定直接吐在這裡了。

我從包包裡拿出姊姊的手機，當著所有人的面，播放昨天晚上收到的極樂短片，我掃視了現場的護士一圈，希望裡面沒有短片裡的女主角。令人臉紅的聲音傳了出來，護士們每個都瞪大了眼睛在看。

也是，這麼精彩。

他丟臉地叫診房裡的所有護士出去，接著又伸出手打算搶走我手上的手機。我快速地閃過，看著他說：「因為這個，因為你在外面玩過的女人三不五時就打電話、傳訊息騷擾我姊，搞到得她憂鬱症，搞到她受不了只好自殺！」

他馬上反駁我，「那影片是我被陷害的，妳是能證明什麼？」

「不然，我們來看其他影片？看看你是不是被陷害，還是樂在其中？」我作勢要打開其他檔案。

他馬上制止我，「不需要，妳到底來幹麼的？」

很好，我還怕他叫我繼續播。

「姊姊要離婚。」目的一直以來就只有一個。

「不可能！我現在離婚，董事會那裡會怎麼看我？我還在等資金進來。」他態度非常強硬！

「那是你的事，如果你不願意現在處理，我就把我手上的所有影片和照片全都交給我身後這位朱季陽律師，請他幫我打官司，你覺得我們會不會贏？」我很冷靜地說著，朱季陽很專業地從口袋裡拿出名片遞給短片男主角，順便自我介紹。

「再給我兩個月，妳姊要怎樣就怎樣都沒有關係，現在是醫院最重要的關鍵時期，不能因為我搞砸。」

這話默默點燃我的怒火，「那你知道，因為嫁給你，我姊人生也搞砸了嗎？她搞砸一次你醫院的計畫不行嗎？很合理啊！」

「叫妳姊親自來跟我談。」他說。

「不需要，你不用再去想其他方法了，我給你兩條路走，一條就是直接跟我姊離婚，一條就是我們找律師來打官司，要嘛你選，要嘛我直接選。我沒時間跟你耗。」我很貼心地幫他安排好，省時省力省頭腦。

他冷笑了一聲，「我怎麼確定離婚不是妳的主意？搞不好是妳逼妳姊跟我離婚的。我聽妳爸說過，妳一直都是單身，是不是羨慕妳姊有我這個像無限提款機的老公？」

我懶得跟他說，直接撥電話給依依，和依依講了個大略的情形後，請她交給姊姊聽。我按了擴音鍵，對姊姊說：「有人不相信妳是真的想離婚，妳要不要對他展現妳的決心？」

電話那頭變得沉默，我期待姊姊也要勇敢跨出她的這一步。我緊張地看了朱季陽一眼，他拍了拍我的肩，示意我放輕鬆。

時間一秒一秒過去，最高興的莫過於穿著醫生袍的這個人。他不屑地看著我，然後大笑著說：「我就說，任何一個聰明的女人都不可能捨得放棄一張長期飯票，還是高階的長期飯票……」

「我要離婚。」姊姊顫抖的聲音從電話裡傳了出來。

不敢相信自己聽到的，即將出局的前姊夫，大吼著電話裡的姊姊，「妳再給我說一次！」

「你凶什麼啊！」我也生氣地吼他。

「我要離婚！我要跟你離婚！我不想再看到你跟任何一個女人做愛的影片或是照片，那些女人那麼愛你，就給她們，我不需要，我不需要！」姊姊顫抖的聲音不知道在說哪個字的時候開始轉變，用力地說出了她的決定。

前姊夫的表情變得凝重，我告訴他，「現在你都聽到了，五秒內你不做出決定，就由我直接決定了。」

「要離婚可以，妳一毛錢都拿不到！」他惡狠狠地說。

「我不需要！」姊姊說。

接著，我掛掉了電話，看著坐在椅子上，滿臉複雜，接下來準備收拾自己玩樂殘局的這位醫生兼院長，「我會再和你約簽字的時間，如果你不來，我就全權交由律師處理，而且我不介意找你的父母好好地再談一次。」

留下他瞪著我的表情，我轉身離開。朱季陽還很客氣地跟他打招呼。診間外好多待診的病人，而真正有病的人卻不知道自己有風流病，這其實是一件很滿令人遺憾的事。

一走出大門口，我馬上就腿軟了。

朱季陽嚇得趕快把我扶到旁邊坐好，還笨拙地拿著他的公事包幫我搧風。我忍不住笑了出來，「我沒事，只是想說鬆了口氣，沒想到就全身無力了。」

他放下公事包，看著我，「妳在裡面全身都在用力，怎麼可能沒事。妳很聰明，妳做得很好，事情很圓滿地被解決了。」

我搖了搖頭，「簽字之前，都不能放鬆。」

「有什麼問題，隨時問我，如果有需要，簽字那天，我也可以陪妳和姊姊一起過來。不用擔心，妳已經在前面打了一場很完美的仗，妳平常說話這麼小聲，我都不知道妳，凶起來也滿驚人的。」

我笑了笑，這輩子對人大聲說話的次數的確不多，而被我大聲對待過的，一個是我父親，一個是官敬磊。照今天這樣的進度，我想從小被教育的什麼禮儀、什麼溫婉，大概很快就會在我生命裡消失。

戰鬥要的不是姿勢，而是一種信念。

朱季陽送我到姊姊那裡之後，便先離開了。我一走到病房，就看到父親和母親也在裡面。依依的表情非常嚴肅，看到我，跑了過來，小聲地在我耳邊說：「妳爸來了快半個小時，一直到現在都沒講過半句話，姊姊也是。我快嚇死了，妳們聊，我在外面，有事叫我，我馬上進來。」

我點了點頭，看著依依離開病房。

我深吸呼一口氣，走到母親面前，忍不住問她，「不是說好暫時不要上來嗎？」

我不想要姊姊看起來穩定一點，因為父親一上來又開始崩潰。

父親非常不滿意我的問話，坐在病床旁的椅子上，依然用創造者的口吻對我說：「我來看自己女兒，需要經過妳的同意嗎？妳講這話是什麼意思？我對妳早就不抱任何期望了，我現在唯一的女兒就只有白明翎！」

隨便你。我在心裡說著。

我接著走到姊姊的病床旁，幫她拉好被子，握著因為父親在這裡，有點害怕的她的手，對著她說：「都處理好了，等妳出院，就可以準備辦離婚手續了。」

坐在一旁的父親又生氣地拍了一次椅子的把手。我現在才知道原來那是椅子把手的功能，讓憤怒的人可以更帥氣地展現他的憤怒，「沒有我的允許，誰敢隨便說要離婚！」

我轉過頭，沒有生氣，很冷靜地對父親說：「不需要你的允許，我們都過了需要監護人的年紀了，從現在起，我們會過我們自己的生活，不需要經過你任何的同意。」

「這個家我說了算！離婚成何體統！先生做錯好好跟他講，他就會改，這樣就要鬧離婚，算什麼？我不准我的女兒離婚！」愛面子也是一種病，可惜父親也不知道。

我握緊姊姊的手，繼續回答父親，「我和姊姊都離開那個家了，隨便你要怎麼作主！但離婚的事已經決定了，不會改變！」

父親氣得衝過來，又想給我一巴掌。我無奈地閉上眼睛，反正又不是沒被打過，忍一下就好了。結果姊姊竟伸出縫了幾十針的手幫我擋了那一巴掌，傷口被父親的巴掌揮到，姊姊痛得叫了出聲。我張開眼睛，看著姊姊受傷的那隻手痛到不停發抖。

依依聽到叫聲，趕緊衝了進來。

母親也嚇到了，趕緊拉開父親，小心翼翼地看著姊姊的手，眼淚掉出來，「沒事吧？怎麼會這樣？」父親的表情像個打破玻璃杯的小孩般手足無措，大概也被自己的所做所為嚇到了。

姊姊搖了搖頭，抬起頭，對著站在後面一臉驚慌失措的父親說：「爸，我真的很想活下去，但現在唯一可以讓我活下去的辦法，是讓我離開那裡，重新生活。我拜託你，讓我活下去好不好？」

因為姊姊的話，依依和我頓時紅了眼眶，父親的臉從憤怒轉為難堪，還是對著姊姊講難聽的話，「妳要離婚可以，從今以後就當我沒有妳這女兒，不要再讓我看到妳！」

父親一說完就轉身離開，母親夾在他和姊姊中間不知道該如何是好，姊姊安慰著媽媽說：「媽，妳快去找爸，我沒事，好好照顧爸。」

媽媽為難地點了點頭，「不要再做傻事了，媽求妳！」

「不會的，一次就夠了，我不會再那麼傻了。」

媽媽抱著姊姊，眼淚又流了出來。捨不得地放開姊姊後，又對我說：「一定要好好照顧妳姊姊，有事隨時跟媽聯絡，妳們兩個都要好好的，媽拜託妳們了！」

我點了點頭，告訴母親，「妳不要擔心！」她還是摸著姊姊的臉，過了好久才捨得離開病房。

我看著眼淚流個不停的姊姊，拿了衛生紙幫她擦著眼淚，對她說：「妳很棒，妳很勇敢，有妳這個姊姊我很驕傲。」

姊姊點了點頭，哽咽地說：「我也不知道自己能說出那樣的話。」

對，我們都不知道自己還有多少沒被逼出來的能力藏在我們身體裡，但只有活下來，才會有證明的那一天。

這個晚上過後，我不再擔心姊姊，因為我知道她已經懂得去面對自己人生的危機，雖然路途還很遙遠，但走著走著，還是會有走到的一天。

接下來的日子，姊姊出院了，和我一起住在家裡。有依依、樂晴和立湘的陪伴，姊姊變得開朗，食慾也變得越來越好。簽字離婚那天，朱季陽和我一起見證姊姊的重生，雖然前姊夫仍然是那個死樣子，但從今以後，他和姊姊再也沒有任何關係了。

母親每天都會打電話來詢問姊姊的狀況，活了三十幾年，好像是最近才和媽媽開始熟絡。她說父親都是那個老樣子，現在還在生氣，但我和姊姊也只能笑一笑，無法再多說什麼。

姊姊重拾起畫筆，還幫立湘新設計的餐具畫了一套圖，立湘非常喜歡，一起報給業主，馬上就被採納。於是姊姊更有信心，開始畫畫。有了自己喜歡做的事，她的精神狀況也變得非常穩定，但仍然定期接受檢查。

「好了，我要宣布一件事。」大家聚在一起吃晚餐時，姊姊突然對大家說。

「中樂透了？我護照都在身上，隨時可以讓妳招待我出國！」孫大勇夾了顆貢丸邊吃邊說，馬上被樂晴K了頭好大一下，腫得跟他嘴巴裡的貢丸差不多大。

「中樂透我才不會說！」姊姊笑著說。

「交新男友了？」尚昱學長再補了這一句，差點被依依用眼神殺死。「你哪壺不開提哪壺，是有多不想活？」依依低聲說，語調之凶狠，我都毛骨悚然了。

姊姊笑著繼續說：「不是，目前對感情還是免疫狀態。」幸好姊姊沒事了，我微笑，看著健康的姊姊，覺得好安慰。

「找到工作了？」朱季陽也加入猜的行列。

「沒錯！」姊姊用力地拍了手，宣布答案。她手腕上的傷痕還沒有完全退，原本都穿著長袖的上衣遮著。但我告訴她，要先學會和傷痕共存，妳才不會再受傷，於是她坦誠接受了自己不完美的一切，學著不在意別人看著她的傷口。

我驚訝地問：「真的？」

她用力點了點頭，「我前兩天在設定 Facebook 的時候，居然找到了當年幫我申請國外美術學院的春華老師。她現在在花蓮開兒童補習班，缺畫畫老師，問我要不要去，我答應了。」

一聽到花蓮，我們全部的人都噤聲了。

「姊姊，可以找台北的工作嗎？幹麼去到花蓮啊？很遠耶！」樂晴首先打破沉默。

「對啊，在台北互相有照應，妳自己去花蓮，明怡會擔心死的。」依依看了我一眼繼續說。

姊姊看了看我，似乎是忘了考慮到我的心情，所以很擔心我的反應。

我是嚇到了，我是擔心了，但我想支持姊姊的任何決定，因為那是她的人生啊。我得要學著相信她，她才能繼續往前走，不是嗎？

我對她笑笑，「什麼時候去？」

看到我的笑容，姊姊的負擔消失了，也笑著對我說：「其實是越快越好，而且老師在那裡有多的房間可以讓我住，所以住的地方也不用擔心，只要人過去就好了。花蓮耶！想到就好舒服，無憂無慮的感覺。」

「嗯，妳覺得好就好，如果去了不適應，再回來繼續跟我擠小房間。」大家都對我的反應很驚訝，以為我會說不，但對於別人的生活、別人的人生，誰有資格說不呢？

姊姊開心地摟著我，「太好了！」

倒是最哀怨的人居然是立湘，「姊姊，妳上次還說要幫我的新設計案畫公仔，妳都忘了！」

姊姊馬上放開我，伸手摸了摸坐在對面立湘的臉，笑著對她說：「我才沒有忘，我已經畫好初稿了，等等給妳看，我們隨時可以通 mail 和 Skype，妳有外快一定要記得叫我一起賺啊！」

立湘馬上笑開懷，「好，等等馬上給我看！」

晚餐一如既往地在歡樂的氣氛下結束，姊姊也在幾天後去了花蓮，開始了她的新生活。我每天都會接到她的電話，跟我報告她認識了誰，做了什麼事，她有多愛花蓮的種種。而我的日子恢復到原點，正常地上班、下班，忙碌地準備迎接下一個星期的七夕情人節檔期。

為姊姊忙碌的生活結束了，我開始有了多的時間，開始想著關於我自己的一切，想著那個說會快點回來陪伴我的戀人，至今已經有將近一個多月的時間，沒有任何來電，也沒有任何簡訊。

一天過一天，對他的失望越來越深。一天過一天，對我們之間的感情也不抱任何期待。

等待，消耗了我對他的愛。

我拿出手機，看著他在離開那天傳給我的最後一則訊息，「我到了，等我回去，我們再慢慢談。」我忍不住苦笑出來，如果他一年後才回來或十年後才回來呢？

那我……要等一年？還是再等十年？

我深深嘆了口氣，給了自己答案。

不。我想不會再等了，我已經花太多時間在等待他，等待他的陪伴、等待他的關心、等待他久久才能說上一次的那句晚安、等待他能夠有一天回頭，看看站在他身後的我有多麼狼狽……

不等了，再也不要等了，姊姊已經重新過著她的生活，我身旁的每一個人都在努力往前走，我不想被動地繼續留在原地等待。

我很愛官敬磊，但現在我想把等待的時間留下來愛我自己。

我花了半個小時的時間，才把要對官敬磊說的話用簡訊傳了出去。

而電話鈴聲竟馬上在我傳出簡訊後的五秒響了起來。

我狠狠地嚇了一跳，心跳不停加速，原以為心臟就要從嘴巴裡跳出來，但在我視線移到手機上的來電顯示時瞬間恢復正常。

我接了起來，朱季陽的聲音傳過來，「我想問，上次給妳的那兩張票，如果沒有人陪妳去看，我可以陪妳去。」

來電的不是官敬磊。

我嘆了口氣，認清這個事實，來電的不是官敬磊……

我在電話這頭猶豫了很久，電話像被掛斷一樣沉默，但朱季陽仍在電話頭那頭等著我回應，一秒、五秒、一分鐘。

我說出「好」的那一刻，我感覺得到他鬆了一口氣。

掛掉電話後，我仍然想著官敬磊會怎麼回應我，花了半個小時，只打出「我們分手吧」五個字的簡訊。

真正離別的時刻，好像真的來到了……

最無法說服自己的是，當我送出簡訊的那一刻，我竟有著前所未有的輕鬆。

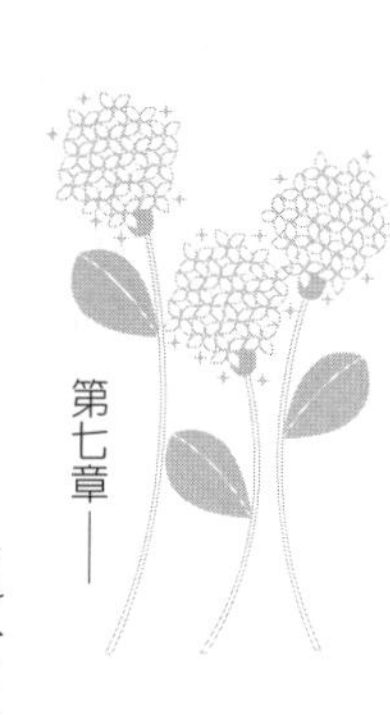

第七章——

這世界上，沒有任何一種絕對。

「什麼？妳要跟朱季陽去看舞台劇？」樂晴在廚房做晚餐，一聽到我等等要和朱季陽出門，連鍋鏟都沒離手，就衝出來表達她的驚訝。

依依剛好下班走進門，也快速跑到我旁邊問著，「什麼？跟朱季陽？」她以為自己聽錯，再跟我確認一次。

我笑了笑，坐到餐桌旁，倒了杯水喝下一口，對著她們點點頭。但我並沒有打算繼續解釋，我會答應朱季陽，其實純粹是想謝謝他幫我和姊姊這麼多忙，所以今天晚上也要順便請他吃飯。

就只是這樣而已。

經過這段時間的相處，如果我再欺騙自己，說朱季陽對我只是普通朋友的感情，那我真的就太矯情了，他對我的關懷和付出，我都感覺得到。

我也很不要臉地想過，或許可以利用新的戀情來忘掉過去的感情，但我發現自己根本沒有那種能耐，越是想這樣做，官敬磊的臉就越是不停地出現在我腦海裡，有時是一個小時，有時是一整天。

說到官敬磊，從我傳簡訊給他到現在，已經又過了五天，他依然無聲無息，就好像人間蒸發一樣。有時候，我甚至會想，和他戀愛，會不會只是一場夢，當我眼睛睜開，一切就會回到現實。

發現我的世界裡，根本沒有官敬磊這個人。

不過孫大勇和尚昱學長倒是時常會提醒我，這世界上是真的有官敬磊這個人。他跟孫大勇一起打過電動，跟尚昱學長一起打過籃球，孫大勇昨天還問我官敬磊什麼時候要回來，他買到一款新的棒球遊戲，要找他一起破關。

我只能笑著回答，不知道。

倒是依依和樂晴沒有問我和官敬磊和好了沒，只是會在尚昱學長和孫大勇提起官敬磊時叫他們閉嘴。我想，和我相處了這麼久，她們就算不問我，也能知道我和官敬磊有點不妙。

我很感謝她們沒有問我。因為現在這種情形，連我自己都莫名其妙，我到底是單身，還是還沒分手？

「所以妳現在有一點點考慮朱季陽了？」樂晴不放棄地繼續問。

我搖了搖頭，「就只是朋友而已，未來也是。妳們不要想太多，真的，我要去換衣服準備出門了。」明天就是情人節檔期，接下來的四天我大概都會累得跟狗一樣，所以我要趁今天晚上好好放鬆一番，非常期待晚上的舞台劇。

我站起身，留下滿臉複雜的樂晴和依依，希望她們不要覺得我變壞了。就算我和官敬磊分手，我想我還是只愛著官敬磊的白明怡。

到樓下後，朱季陽已站在車旁開心地對我揮手，我也微笑著和他打了招呼，然後上車，到我訂的餐廳。立湘說朱季陽喜歡吃湘菜，所以找了間有名的湘菜館。

他幫我整理了碗筷，笑得像個小孩子，對我說：「我很愛吃湘菜耶！」

「我知道，立湘說的，真的要謝謝你這陣子幫我和姊姊這麼多，上星期還特地跑一趟花蓮。」雖然前姊夫說過一毛都不給姊姊，但他有一層套房是登記姊姊的名字。原先他想把房子要回去，朱季陽出面幫姊姊捍衛權利。有文件要姊姊簽署，姊姊工作太忙沒辦法回台北，他二話不說跑了一趟。

「沒什麼啦！我看姊姊現在這麼好，我也覺得非常開心。我上星期去的時候，看到她在教小朋友畫畫的樣子，真的好漂亮、好溫馨，小孩子都很愛她，翎翎老師、翎翎老師叫個不停。」朱季陽還學著小朋友叫姊姊的聲音，很可愛。

姊姊的生活完全步入正軌，白天在補習班教畫畫，晚上幫立湘畫案子。現在她和立湘的感情比跟我還要好，有時候一天打四五通電話給立湘，我要自己主動打給她就算了，她還會說她很忙，沒時間跟我聊天。

我這醋其實吃得很幸福，差點離開這個世界的姊姊現在慢慢開始享受這個世界，人的一念之間，真的會改變很多事。

或許是看著她走到現在這一步，我才知道：為自己生活，比談戀愛更重要千萬倍。

「所以才要謝謝你啊！」我幫他倒了杯茶，遞給他，然後我自己也倒一杯，很認真地對朱季陽說：「謝謝你陪我去談判、陪我四處奔波，堂堂的大律師變成我的司機，我真的非常感謝。」

接著我用杯子撞了一下他的杯子，一口氣把茶喝掉，他也笑了笑，喝了口茶，突然嚴肅地對我說：「能為妳做些什麼，我覺得很幸福。」

我看著他認真的表情，只能帶著微笑，半開玩笑地回應他，「你要趕快交個女朋友去幫她做點什麼，比較實在啦！」

朱季陽笑容不見了，臉色黯淡了一半，我也只能假裝沒事繼續跟他東扯西聊。

有個人在你深陷挫折時溫柔地對待你，是一件很幸運的事，但我無法利用別人的感情來讓自己中樂透。雖然我很想這麼做，但我心裡的那把尺常常在我有這種念頭時，狠狠往我的額頭啪啪打兩下，才發現痛比較真實，中樂透這件事就留給別人吧！

一整個晚上，朱季陽都在強顏歡笑，而我卻非常享受在舞台劇帶來的震撼裡。散場結束的那一刻，我發現自己不知道有多久沒有好好看過一部戲、一場電影，工作佔據了我將近一半的時間，其餘的時間都在想念和等待。

當我一直釋放自己的能量時，卻忘了拿些什麼來填補，所以我才會如此空虛。

朱季陽送我回家的路上，舞台劇的餘韻還在心裡，我吱吱喳喳地聊起舞台劇的內容，他邊開車邊笑著回應我，「妳真的很愛看舞台劇！」

「這齣戲真的很棒，謝謝你有票，謝謝你陪我來看！」我打從心裡的地下五層開始感謝他。

「妳想看什麼，我都可以陪妳看。」朱季陽說。

我笑了笑，「不用啦！我要看，自己也可以去看。」自己一個人其實可以做很多事，只是我一直沒有去做，對於接下來應該過的日子，我感到有一點期待，也有一點興奮。

說完，朱季陽的車子剛好停在家門口。

「謝謝你送我回來。」我解開安全帶，準備和朱季陽道別。

然後他突然開口，「明怡，我知道妳有交往很久的男朋友，但是我還是很喜歡妳，我沒有要逼妳，我只是想說，或許妳可以考慮我看看。」朱季陽說完，還緊張地乾咳了兩聲。

「謝謝你喜歡我，但是我不能接受，我很感謝你這麼照顧我，但我能給你的，除了友情之外，不會有別的了，我很抱歉這麼直接……」

他搖了搖頭，笑著說：「沒關係，我知道妳會怎麼回答我，但我還是想把自己的感情說出來，我不想讓自己後悔，我希望妳不要有壓力，也不要想辦法躲我，還是可以像現在這樣把我當朋友。」

我正想說點什麼時，卻不經意看見官敬磊就站在車子前，正看著車內的我和朱季陽。只有微弱的路燈燈光，我看不太清楚他的表情，但我坐在車上，卻已經緊張到手心出汗。

我不是沒有想像過我們再次碰面會是什麼情形，只是沒想到又會是在朱季陽送我回來的狀況下。

朱季陽看到我失神，轉過頭也發現了官敬磊的存在，於是他提醒著還僵在座位上的我，「下車吧！男朋友來了。」

我看了他一眼，緩緩地下了車，他在離開之前，也開了車窗和官敬磊禮貌性地打了招呼，只是官敬磊沒有理他。

雖然和朱季陽什麼事都沒有發生，卻莫名地有一種慌張感，我看著站在我面前的官敬磊，想著是不是該開口，對他說一句好久不見？

接下來的劇情走向又是這種對看的情節，又是這種沒有對話的沉默。

不知道過了幾個世紀，官敬磊才開口問我，「妳要和我分手，是因為他嗎？」

我聽到這句話，腦子裡的九大行星好像一起爆炸，砰砰砰！連九砰！砰得我只想對他破口大罵，「不是因為誰，是因為你這個白痴！」

我非常生氣，但只能逼自己冷靜，因為如果我現在轉頭就走，很多事都會再回到原點，該解決的還是要解決。

我深呼吸，看向官敬磊，緩緩地說：「不管是因為誰，確認你已經收到簡訊，這樣就可以了。」

「可以什麼？我還沒有答應要跟妳分手！妳可以不要跟我鬧脾氣嗎？妳知道我為了趕快回來，每天都忙到只睡三個小時。不敢打電話給妳，因為我怕我聽到妳的聲音就會又想辦法飛回來，這樣事情永遠做不完。結果居然收到妳說要分手的簡訊，妳知道我有多難過嗎？我還是忍住，連續好幾天沒有睡，趕在情人節前回來陪妳，結果妳居然這麼冷淡地說對！我們分手了！妳不覺得妳很過分嗎？」官敬磊走到我面前，指責我的不是，我清楚地看到他臉上有多憔悴，聽著他一聲聲的控訴。

聽著，我幾乎要伸出手抱著他，告訴他，「對不起，是我的錯，我應該體諒你為我所做的一切，你辛苦了。」

但我忍住了，我看著他，難過得什麼都做不了，什麼都說不出口，我覺得他在逼我的同時，某種程度，我也給了他很大的壓力，我們彼此相愛，但相愛的方式卻在傷害彼此。

他見我沒有任何回應，氣到拉著我離開。我知道他要帶我去哪裡，我沒有掙扎，因為我知道，只有在那裡，才能結束我和他的一切。

我嘆了口氣，跟在他身後上了計程車，回到他的住處。一進到家裡，他馬上放開我的手，直接從冰箱拿了瓶罐裝飲料，開了就馬上往嘴裡倒。往常他不在的時候，我大約兩三天就會來這裡稍微打掃，但自從那次分開，我就一直沒有來過，冰箱裡的食物也就這樣放了一個多月。

希望他不會肚子痛。

我坐在床邊的小沙發上，看著他快速地把一整瓶飲料喝完，又開了一瓶，喝得很急又很猛。我忍不住說了我的口頭禪，「一天不要喝超過兩瓶飲料。」說完我就後悔了，都要分手了，我還這麼雞婆幹麼？

他把飲料放下，看著我說：「妳還記得要關心我嗎？」

我知道他是因為生氣才挑釁我，但心裡還是受了傷。這十年來，我總是記得先關心他才想到要關心自己。關心他去偏遠國家有沒有好好打疫苗，吃的食物、喝的水有沒有乾淨，會不會突然發生什麼疫情，會不會突然有什麼天然災難。我怕我關心太多會給他很多壓力，就算很想知道，我也會忍住不要問，不停地忍。

就連說分手後的每一天，我仍然在心裡花上大半的時間關心他過得好不好，只是他不知道而已。

我用力地深呼吸一口氣，對著他說：「我真的很想跟你好好談一談，但是如果你一直是這樣的態度，那就沒有什麼好說的，等你真的好好想過了之後再說。」

我起身打算離開，他馬上走到我面前，伸出雙手不讓我走，接著把我拉到他身旁坐下，哀怨地看著我，「好，我們來談，來談談為什麼短短的時間妳變了這麼多。」

我別過頭，正視著前方，仍然能感受坐在我身旁的他，眼神注視在我臉上有多麼的強烈。做好心裡準備，對著前方的空氣說：「我沒有變……我還是很愛你，非常愛你，可是我們已經沒有辦法再繼續走下去了。這樣等待的日子，我過得很累。」

他起身坐在沙發面前的桌子上，和我對視，雙手捧著我的臉，一臉歉意地說：「好，對不起！這是我的錯，我保證我接下來會減少出去的次數，我會多花一點時間陪妳。我知道妳很辛苦，我真的知道，可是我……」

沒等他說完，我拉下他放在我臉上的手，用力地緊握著，「可是你真的沒有辦法放棄，我知道。我也不要你為了我放棄什麼，我也不要你為了我，人生留下什麼遺憾。為了我們兩個好，最好的方式就分開，你好好做你的事，我好好過我的生活。」

他掙脫我的手，不能接受我的說法，「我從不認為擁有妳和擁有夢想是兩件事，對我來說兩邊都很重要。我不會和妳分手，我不會放妳走的，我不要！我不要！」

能讓他對我像小孩般耍賴，真的是我把他給寵壞了。

我嘆了口氣，再次拉回他的手，我很認真告訴他，「我愛了你快十一年，你知道我這十一年來怎麼過的嗎？為了讓你安心，我要假裝很快樂，為了讓你自由，我要假裝自己很堅強。我總是期待你能不能陪我過一次情人節，我總是期待能不能幫你過一次生日，我總是期待你會不會有一天發現，其實我根本就不希望你離開，我總是期待你會不會有一天知道，我等你等得有多辛苦……」

越說越激動，眼淚從我眼裡流了出來。他很少看見我掉眼淚，嚇得手忙腳亂，用手用衣服胡亂地幫我擦著眼淚，然後擁我入懷，輕拍著我的背，不停說著對不起。

「從現在開始我會改的，妳再給我一次機會好不好？」他在我耳邊輕輕說著。

我平復了情緒，離開了官敬磊的懷抱，對著他搖搖頭，哽咽地說：「我們再這樣下去根本不會有什麼結果。我說過了，我不需要你為我改變什麼，因為我知道忍耐是一件很痛苦的事，你放手去做你的事，不要對我有什麼顧忌，我也不用再等待、不用再期待，我們回到最開始的位置，過我們該過的生活。」

他不能接受，緊握著我的手，激動了起來。「不然我答應妳，從現在開始，我留在台灣，哪裡也不去了，這樣好不好？」

如果要說官敬磊讓我學會什麼，那只有一件事，就是犧牲式的付出絕對不叫做愛情，因為我曾經以那是我表達愛情最好的方式，但我錯了，我流著眼淚繼續告訴他，「你知道我傳分手的簡訊花了多久的時間嗎？」

他搖了搖頭。

「我花了半個小時，用祝福的心情打出那幾個字的。我希望你跟我分開後可以做更多你想做的事，可以花更多時間思考你的未來，可以回加拿大跟爸爸好好談談，可以多擁抱比我還要愛你的敬雨。我不是想要用分手來威脅你留在我身邊，哪裡都不要去，而是我覺得，除了分開之外，我們沒有更好的選擇。強留你在我身邊，我也不會快樂的。」我用手擦掉了眼淚，看著在我眼前滿臉無言以對的他。

他看著我，眼眶泛紅，「我真的不懂，不是一直都好好的嗎？為什麼才短短的時間就變成這樣！」

我沒有說話，這是我的錯，我的假裝成了平和的假象。

官敬磊再一次抱著我，對我說：「真的不能再陪我一起努力看看嗎？我作夢都沒有想過我會失去妳。」

我也心疼地抱住了他，才剛停止的眼淚又忍不住掉出來，只能斷斷續續在他耳邊說：「對不起……我真的很累……」

他看著我的臉，難過地離開了我的懷抱。

接著在小客廳裡來回踱步，不停地抓頭髮、不停地深呼吸、不停地看著我、不停地重複這些動作。過了好久，他打開陽台的落地窗，看著窗外，深呼吸了好幾次，然後背對著我說：「我只給妳三分鐘離開這裡，超過三分鐘妳還在這裡的話，我這輩子都不會讓妳離開了。」

分手的話雖然很會說，到了真正要離開的這一刻，我的心又痛到不行。是我自己說要分手的，是我自己先放開官敬磊的，是我自己要放棄這段十年的感情，那我自己就要承擔這一切。

我緩緩起身，看著官敬磊的背影，只能在心裡說一句，「對不起，我真的愛你。」除此之外，什麼都沒有辦法再做了。直到我關上門的最後一刻，看到的依然只有官敬磊的背影。

走在熟悉不過的小巷裡，我每走一步，眼淚就掉個不停。

以前有時候太過想念官敬磊，我會跑到這裡睡一晚，聞著有他味道的枕頭和棉被，想像他就在我身邊，然後隔天再失落地邊流淚邊離開。

只是，這一次是真的要離開了。

想到再也不會見到官敬磊，不停戳到我的淚點，眼淚流到一旁的路人都在看，但我也不在意，甚至想放聲大哭。

突然有人從後面用力抱住了我，官敬磊的味道傳了過來，我嚇一跳，眼淚也停住了。想轉過身時，官敬磊卻在我耳邊說：「不要回頭！」

他哭了。

他抱著我，身體不停地顫抖，耳邊也一直傳來吸鼻涕的聲音，被我寵壞的官敬磊正抱著我痛哭。面對他的眼淚，我不知道如何是好，只能安慰著他，「不要哭了！」

但他還是一直哭，哭到我襯衫的右肩濕了一大半，只要我一想要轉身，他就會馬上說：「不要回頭！」

我嘆了口氣，讓他在我肩上足足哭了二十分鐘。

正當我的腳已經開始發麻時，他突然在我耳邊開口，帶著濃濃的鼻音，難過地說：「我真的很對不起妳，我今天才知道，妳的背影看起來這麼孤單、看起來這麼無助，妳總是看著我離開，這次換我看著妳離開，我才懂妳的心情，我真的很對不起妳，我……」

我才想要轉身，他馬上又說：「妳如果回頭，我真的沒辦法再讓妳走。」

但我沒有理他，我轉過身，用手擦掉他臉上的眼淚，「不要哭了，如果覺得對不起我，就好好過日子，要好好照顧自己，做事不要太衝，偶爾要停下腳步休息，不要老是取笑阿財了，對蓋文好一點，叫吳董多花點時間陪老婆小孩，他們是陪你一起做大事的夥伴，多關心他們，多花點時間聽敬雨說話，你會發現，有很多事跟你想的不一樣。」

他專注地聽著我說的話，眼眶還是一樣泛紅。幫他拉好 polo 衫的領子，看著讓我如此深愛著他的臉，我忍不住吻了官敬磊，然後忍住哽咽，給了他一個微笑，對他說聲，「再見。」

我用力地掙脫了他的懷抱，然後轉身走掉。十年的感情，結束在三秒鐘之前，從沒有想過自己離得開官敬磊，卻在三秒鐘之前做到了，走在回家的路上，覺得自己似乎有點了不起。

總以為兩人的相遇是命運註定，總以為兩人的牽扯是前世姻緣，總以為我和官敬磊這輩子會糾纏不清，總以為要離開一個深愛的人根本做不到。現在才發現，那些所謂的「總以為」，只是安慰自己留在現狀的最好藉口。

日子要往前過，我再也沒有任何藉口可以留下。

一打開家門，樂晴和依依正在客廳吃著消夜，我以為我看起來沒事，打算假笑完躲回房間，但她們兩個一看到我，馬上大叫，「天啊！妳是發生什麼了？」

「妳眼睛怎麼會腫成這樣？」

我還想糊弄過去，依依已經把我拉到小玄關的鏡子前，讓我看清楚自己的樣子，我真的是出生以來第一次被自己嚇到。

頭髮亂七八糟也就算了，妝花得一塌糊塗，說好的防水睫毛膏一點都不防水，說好的防暈染眼線液暈到眼袋底，右邊腮紅完全不見，左邊只剩三分之一，唇妝也都完全不見了。

我剛剛居然是用這樣的臉跟官敬磊道別。

可以重來嗎？

我懊惱地坐在客廳的沙發上回想著剛剛的情景，那些感人的話，我居然是用這張臉說的，會不會明天官敬磊找上門來跟我說：「妳昨天不是跟我開玩笑的嗎？妳不是扮了小丑嗎？」

想到這，就讓我忍不住覺得丟臉起來。

「發生什麼事啦！妳快說，我快被妳嚇死了，妳的臉沒有這麼失控過啊。」樂晴坐到我旁邊，端著她的義大利麵邊吃邊問著我，我一點都沒有覺得她有嚇到，因為她明明還吃得下。

依依也是坐到我另一邊，喝著濃湯，叫我快點說。

她們看起來是很擔心我的樣子沒錯，但我為何有一種她們是在看戲的感覺，「不是會胃食道逆流，這麼晚了還吃東西沒關係嗎？」我看著依依說。

她笑了笑，「所以我只喝湯啊。好啦，這不是重點，重點是，妳不是朱季陽去看舞台劇嗎？怎麼會搞成這樣回來啊？」

其實我很累，而且我也很怕現在再重講一次我的眼淚又要掉出來。但我知道今天不講，之後還是要讓她們知道，那就趁今天把所有的事都講完，明天開始新的生活。

於是我深呼吸了一口氣後，把剛剛發生的事全都告訴依依和樂晴。

出乎意外的，我並沒有哭，我很平靜地說完，很平靜地重新經歷過一次分手的痛苦，倒是依依和樂晴兩個人眼淚流個不停。我左手要幫依依擦眼淚，右手要幫樂晴擦鼻涕，嘴巴還要安慰她們，告訴她們我沒事。

我才是失戀的人啊！

我嘆了口氣，不明白她們怎麼會哭得這麼慘。

樂晴抽噎地說：「雖然我對官敬磊不能常陪妳這件事很感冒，但我作夢都沒想到妳真的會和他分手。妳那麼愛他，等了他十年，結果還是分手了，早知道之前那個日本有錢小開在追妳的時候，我死都要破壞妳和官敬磊，免得妳為他浪費了這麼好的機會。」

我笑了笑，在飯店工作的確有不少追求者，無論條件好不好都不重要，重要的是他們都不是官敬磊。

「妳一定很痛苦，我之前和康尚昱鬧分手時，我都覺得我痛到快要死掉。」依依用著不可思議的表情哭著對我說，她之前和學長分手過一次，時間很短，很快就和好了。若要用命運說，學長和依依的感情才真的是命運，他們從小到大的青梅竹馬。

我點了點頭，不能否認我的確很傷心，「做決定的當下真的很痛苦，但已經發生了，我目前還能接受。」

樂晴擦了擦眼淚，突然仰天長嘆一聲，「天啊，官敬磊要怎麼辦？看在朋友一場，我得打電話叫孫大勇去安慰他。」

我笑了笑，沒說什麼，我們從大學就認識到現在，即使官敬磊不是很常出現，但他仍是與我們一起成長的朋友和戀人。

依依也嘆了好大口氣，然後躺在沙發上，「明怡，我真的被妳嚇到了，我知道妳和官敬磊可能是吵架，但我以為妳會和他和好，所以我什麼都沒有問，因為我以為會像以前一樣吵過就沒事了，但我真的沒有想到妳居然默默做了這麼大的決定，我太小看妳了，我以為妳那麼愛官敬磊是不會離開他的，妳到底是怎麼做到的？」

我到底是怎麼做到的？

我也曾經在想這個問題，當分手的念頭開始頻繁出現在我的腦海裡，我才知道，兩個人相處，光靠彼此相愛根本不夠支撐現實的重量。我們得失去一些自我，也得從對方身上得到一點滿足，才能平衡這段感情。

我和官敬磊失衡太久，最後還是只能暫時離開那塊翹翹板讓彼此休息，因為我實在是太累了。

當你精疲力盡時，腦子會出現的念頭只有一個，就是想要好好過日子。

我無法回答依依的問題，因為那樣的感受和經歷，只有身在其中的人才能夠真真切切地體會。

「反正，現在就是這樣了。」這是我給她們兩個最後的結語。是的，就是這樣了，事情已經走到現在這個地步了。

她們兩個還是看著我，一副不相信的樣子。樂晴先站起來，沒吃完的義大利麵就放在客廳的桌上，拿著手機邊走回房間邊打給孫大勇，依依也像失了魂的離開客廳，還邊說：「不可能，我覺得我一定是在作夢。白明怡，如果明天早上醒來讓我發現妳是騙我的，妳就慘了。」

我笑了笑，客廳只剩下我一個人。

我在姊妹們的眼裡有這麼愛官敬磊嗎？愛到讓她們不敢相信我會和他分手。我過去到底為了愛瘋狂到什麼地步？

算了，現在已經不重要了。

我起身開始整理樂晴和依依留下來的殘局，洗了碗，還很有力氣地整理了整個客廳，孫大勇丟在地上的電視遊樂器，尚昱學長的健身啞鈴，掃過一次地板，拖了兩次地之後，才回到房間，好好地卸了妝，洗了個澡。

當我躺上床的那一刻已經凌晨兩點半了，我應該要趕快睡著，好應付明天起連續四天的七夕情人節檔期。但官敬磊的臉，他的笑容、他的聲音、他的調皮、他的溫柔、他的幽默、他的夢想、他的認真、他的努力，就在我的腦海裡越來越清晰。

現在的他還好嗎？

也像我一樣失眠嗎？

是的，我又再一次狠狠地失眠了，我不停翻來覆去，等到天一亮，我已經累到坐起身起床煮咖啡了。

而咖啡香喚醒了另外三位室友，早上六點十分，我們又重新在餐桌前集合。我幫著樂晴一起做早餐，除了立湘一定是根本熬夜還沒有睡以外，另外三個人都滿臉倦容，猛打哈欠。

「妳們沒有睡飽嗎？」在我打了第八萬個哈欠時，立湘看著我問。

我笑了笑，沒有說什麼，把樂晴剛做好的總匯三明治放到桌上，再幫大家各倒了一杯牛奶。

倒是依依回答了，「因為明怡，我失眠了。」她伸手倒了第四杯咖啡。

我莫名其妙地看著她，「我？為什麼？」

依依再狠狠灌了一杯咖啡後，看著我說：「我很擔心妳啊！我不知道妳看起來沒事是不是假裝的，我整個晚上都坐在牆壁旁邊，聽看看妳是不是躲在棉被裡面哭。好啦，我真的有點怕妳想不開！」

我真的是很想笑又笑不出來，辛苦依依了，剛好她房間在我隔壁，我無奈地開導她們，「我不會想不開好嗎？我姊就是個活生生最負面但也最正面的例子，我現在就想好好重新過日子啊，我怎麼會想不開？」

樂晴馬上回應我，「說真的，我是不怕明怡想不開，我比較擔心官敬磊。所以我叫孫大勇要每隔一個小時和官敬磊聯絡，結果他四點就整個睡死了，我打給他，他還不接我電話。」

不會的，官敬磊很熱愛生命，更熱愛拯救別人的生命，當初我就是看他做著自己熱愛的事時，眼光閃閃發亮的模樣，才會愛上他的。

立湘狀況外地問了一句，「發生什麼事了？為什麼大家要想不開？」

「明怡和官敬磊分手了。」樂晴快速地幫我回答了。

立湘聽到馬上倒抽一口氣，她的情緒永遠都維持在心跳一分鐘六十下，很少大起大落，開心也那樣，不開心也那樣，第一次看到她這麼驚訝，感覺還滿新鮮的。

不過也只有短短的五秒。

她心跳馬上恢復到六十，然後對我說：「雖然對敬磊哥有點不好意思，但妳可以考慮我哥了。」

我笑了笑，對立湘說：「我現在誰都不考慮。」

她露出失望的表情，吃著總匯三明治，然後問了我一句，「和敬磊哥分手，不會後悔嗎？」

樂晴和依依聽到這個問題，也非常好奇的我答案，三個人的眼神同時放在我身上，期待我開口。

我想了想，很誠實地告訴她們，「我整個晚上都在後悔，但不分手，只會讓我們兩個人越來越累而已。」離開心愛的人，怎麼可能不會後悔，但現實活生生擺在我的眼前，我只能選擇讓彼此都能走下去的那一條路。

她們的表情變得很沉重，我知道她們這種可惜又無可奈何的心情，但沒有辦法，這就是我們真正在過的日子，不是童話。

餐桌上陷入了一陣安靜，門鈴響了，樂晴跑出去開門，而我的心狂跳了一下，我很害怕是官敬磊，我怕我一看到他，所有的決定會要心軟地推翻，分手就當作不算數。

但還好走進來的是孫大勇，被樂晴邊打邊走進來，「睡、睡、睡！下次你再睡死，就不用來了。」

孫大勇一臉無辜地坐到餐桌前，拿了三明治開始吃，「欸！我剛帶團從英國回來耶，我有時差。時差、時差，妳知道嗎？我也很擔心阿磊啊！可我就撐不住嘛！他就說他沒事啊！叫我不要擔心啊！就跟明怡一樣啊！」

想著官敬磊是用什麼表情說這些話時，我的胃口就突然消失不見。我想我要重新過生活的第一步，是要遠離官敬磊這三個字，不然我會一直想到他，一直想到他，再想下去，我可能會失去理智地跑去找他。

我放下手上的三明治，對著他們說：「我要準備去公司了。對了樂晴，我這幾天都得上班到晚上十點，有時候可能更晚，就不回來吃晚餐了。」

立湘也接著說：「今天晚餐我自理，你們安心約會。」

樂晴和依依傻笑了兩聲，看著她們的笑容，不用想也知道，今天會過個非常幸福的情人節。

而我，今天的情人是我的工作。

我回到房間，換了衣服，上點淡妝，拿了包包，對著還在餐桌上的大家說聲再見後，我穿好鞋，打開門，門外竟然站了一個人，我嚇了一跳，他也驚訝地看著我。

一秒、兩秒、三秒。

站在門外的那個人，表情瞬間變得很開朗，對我大咧咧笑著，然後狠狠地把我擁進懷裡，接著開始瘋狂喊著我的名字。

「明怡姊！我好想妳好想妳喔！哈哈哈哈哈！」

我愣在原地，完全沒有想到敬雨會在這個時候回台灣，還會在這個時候站在我家門口，她的興奮和我的出神成了最大的對比。

總覺得，我想過的日子還離我好遠……

人生或許沒有什麼是絕對的，唯一永遠不變的絕對，就是你絕對想不到下一秒到底會發生什麼事。

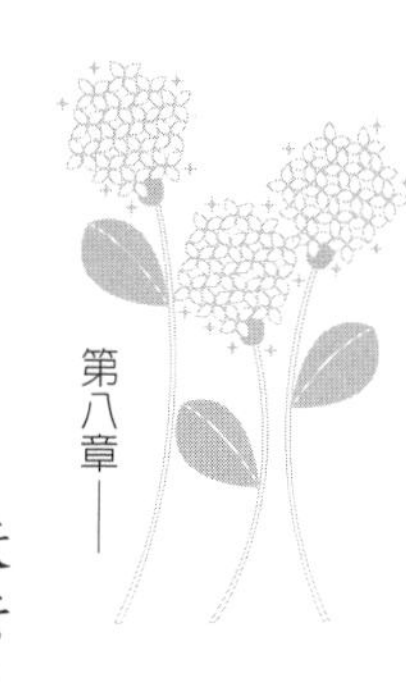

第八章——

失去，才是真正的自由

原本打算出門上班的我，又因為敬雨的關係，繼續坐在客廳裡的沙發上。眼看著上班時間越來越近，我也越來越頭痛。

孫大勇坐在地板上打著PS4，樂晴和依依坐在我斜對面的沙發上，立湘則是坐在一旁的單人椅上，而我的手被敬雨的左手勾著，她好像很怕我會隨時消失不見一樣，右手拿著樂晴做給她的豬排吐司吃著。

我嘆了口氣，對她說：「敬雨，我得去上班，我這幾天真的很忙。」

「那妳晚上下班陪我去找哥哥，我有很多事要告訴他，但妳知道的，妳不在的話，他一定馬上又會把我轟出來。」她天真無邪的表情，讓我無法開口告訴她，我跟她哥哥已經分手了。

我看了一眼樂晴和依依，她們兩個馬上轉過頭，表示愛莫能助，因為敬雨「盧」的功力她們都領教過，她可以盧到樂晴連續三天做麻辣鍋給她吃，也可以盧依依每天陪她去逛街，更能盧我當她和官敬磊之間的擋箭牌。

「敬雨，我可能沒有辦法。」我語重心長地告訴她。

「為什麼？我打過電話給蓋文哥哥，是他告訴我哥哥昨天會回台灣，我才偷跑回來的，妳不是都會去哥哥那裡嗎？」她嘟著小嘴，不滿意我的拒絕。

「我……」

「拜託啦！全天下都知道我哥只怕妳而已，反正妳就晚上去我哥那裡的時候再我把偷渡進去就好啦！我爸的身體真的越來越不好，他真的很想我哥，妳不會希望他老人家留下什麼遺憾吧？再怎麼說，妳都是他未來的媳婦！」敬雨吃掉最後一口吐司，還對立湘指著桌上的牛奶。立湘起身把牛奶放到她的右手，因為她的左手仍然勾著我的手，完全沒有放開的念頭。

我看著敬雨，深呼吸一口氣，緩緩說：「敬雨，我和敬磊分手了。」

她喝牛奶的動作定格了，連在打電動的孫大勇也停止再按搖桿，樂晴、依依和立湘幾乎是連呼吸都停了。

我則是緊張地等著敬雨的反應，很怕她拿牛奶潑我，早知道就等她喝完再說。

但敬雨只是先愣了幾秒，接著笑開了對我說：「拜託一下，明怡姊，妳真的很遜耶，再怎麼不想幫我也不要開這種玩笑啊好嘛，我知道上次叫妳約哥哥出來一起吃飯，害哥哥對妳生氣，是我的不對，但妳這樣亂講話，我哥會傷心的。」

她的表情寫滿了「不相信」。

「是真的，我不會拿這種事情開玩笑，妳知道我不是那種人。」我認真告訴敬雨。

她的笑臉僵在我話說完的那一刻，接著鬆開了我的手，「我哥劈腿了？還是妳愛上別人了？」

我搖了搖頭，「都不是。」

「都不是有什麼好分手的？妳怎麼可以跟我哥分手？妳和我哥是要在一起一輩子的，你們怎麼可以分手？沒有我的允許，妳怎麼可以跟我哥分手？」敬雨說著說著就哭了出來。

我心裡滿滿的歉意。

世界上分手的理由，不會只有那一種。

樂晴拿了衛生紙幫敬雨擦眼淚，摸著她的頭說：「敬雨，妳不要這樣，分手的事，明怡也很難過，感情的事本來就很難講啊！」

敬雨原本青春可人的臉龐哭得好狼狽，她口齒不清地說：「誰都可以分手，就是明怡姊不可以跟我哥分手，我哥怎麼辦？他只有明怡姊啊！為什麼要分手？為什麼？」

我嘆了口氣，看著依依，依依用眼神示意我趁這個時候偷溜去上班。我為難地看了敬雨一眼，依依用表情告訴我，這裡的事都交給她，我只好感謝地對依依點了點頭。

然後我偷偷起身，趁敬雨還在樂晴懷裡痛哭時，我要溜出門。原本打算早點去公司的，現在我幾乎要遲到了。

但就在我小心打開門時，敬雨發現了，在我身後大吼我的名字，「明怡姊！妳要去哪裡？」

然後我就帶了一隻無尾熊上班了。她從出家門後就一直掛在我身上，走路時也是，上了計程車也是，邊掛邊哭邊說：「可以不要和我哥分手嗎？」這樣的情景一直持續到進了公司。

我在大門口遇見剛停好車的尚昱學長，他看著掛在我身上的敬雨，露出奇妙的表情。我只能聳了聳肩，很無奈，也不知道從何說起，學長給了我一個「加油」的眼神，就直接走進公司了。

對，有些難關，誰都幫不了妳。

我把敬雨放在大廳，好好地跟她說：「敬雨，我真的要去上班了，接下來我會很忙，有什麼事，等我下班再說，好不好？」

她坐在大廳的沙發上，眼睛紅腫地說：「那妳不要跟我哥分手好不好？」

「敬雨……」

「妳不愛我哥了嗎？你們在一起那麼久，怎麼可以說分手就分手，妳知道我的打擊有多大嗎？我要喝摩卡咖啡冰砂。」原本我還在想要怎麼回答她，幸好她話題一轉，轉到她最愛的飲料上。

我感激地看著她，「好，給妳兩杯，妳在這裡等我。」

我快速地到休息室換上制服，再到餐廳買了兩杯冰砂和一些手工蛋糕及餅乾，端到大廳侍候敬雨這位老人家。

她大口地喝著冰砂，對著準備轉身離開的我說：「我在這裡等妳下班，妳不要偷跑，我天涯海角都要跟著妳。」

聽起來應該滿浪漫的台詞，被她一說出口，我只覺得是鬼故事情節。

「知道了，我不會偷跑，拜託妳好好待著。」只要她冷靜，要我下跪都可以。

我回到工作崗位上，接待即將入住的每位貴賓，還得隨時緊盯訂房的變化，因應不同需求。總而言之，光是處理小事，就幾乎要用掉我半條命，我還得在空下來的幾分鐘空檔內，確定敬雨老人家有沒有好好待在位置上。

幾次確認，她不是在吃蛋糕，就是在沙發上打瞌睡，結果當我從辦公室再回到櫃檯時，她居然消失了，當我準備開始四處找人，學長打了櫃檯的電話給我。

「這小孩睡相不太好看，可能會嚇到其他客人，所以我還是先把她帶回我這裡，晚上我下班後再交回去給妳。」

「不好意思，學長，真的麻煩你了。」

「麻煩什麼，不管妳和敬磊怎麼樣，他還是我朋友，幫忙照顧朋友的妹妹也是天經地義好嗎？妳就專心工作，不要想太多，知道嗎？」

抱著感恩的心，掛掉了電話。

突然發現，相愛或許是兩個人的事，但分手還真的不是，那些因為我自己而和我另一半有了感情的人，他們該怎麼辦？那麼喜歡我的敬雨，和敬磊成為莫逆之交的學長和孫大勇，面對我們的分開，也得學著適應。

用力嘆了好大一口氣，卻怎麼樣都嘆不掉心裡的無力感。

只能回到工作，用力地工作，才能不再去想這一切。直到學長把敬雨再帶回到我身旁時，已經晚上七點半了。「不好意思，我要去過我的情人節了，只能把她交還給妳了。」

「好，和依依玩得開心點。」我笑著對學長說。

「嗯，妳也是……」學長看了敬雨一眼，一切盡在不言中，我笑了笑，明白學長的意思。

學長離開前給了我和敬雨各一朵玫瑰花，還有一盒巧克力，對我們說：「妳們也情人節快樂！」

我很感謝，每年情人節，學長總是很貼心地讓我感受一點點過節的氣氛，我笑了笑和他道再見。

學長離開之後，敬雨自己走回大廳坐著。我覺得她有點奇怪，去過學長那裡回來之後，她就變得很安靜，表情還是那樣的哀怨，自己一個人就坐在大廳裡，一下看著手機，一下玩自己的手指。

直到十點半結束工作，我換掉制服來到她面前，「肚子餓嗎？要不要去吃點東西？」

她搖了搖頭，站起身，勾著我的手，一句話也沒有說。

我和她一起離開飯店。走在路上，對於她的安靜，我實在覺得非常意外，最後還是忍不住問她，「怎麼啦？為什麼都不說話？」

她勾著我的手，走在我身邊，搖了搖頭。

這樣更奇怪了，「妳被學長打了嗎？突然間變得這麼乖，我真的很不適應耶。」一向瘋慣的小孩，一下子變得溫馴，總是會讓人很不安，有一種山雨欲來的焦躁感。

「尚昱哥哥告訴我，他贊成妳和哥哥分手，結果我在他辦公室摔壞了一個杯子，聽說很貴。」敬雨緩緩地說。

我驚訝的不是很貴的杯子，而是學長居然贊成我和官敬磊分手。

敬雨邊走邊繼續說：「尚昱哥哥說妳就像他的妹妹一樣。」

她一說完，我全身起雞皮疙瘩。敬雨如果知道學長會跟我搶烤雞翅，偶爾還會因為依依而跟我爭風吃醋，就一定不會相信他說的這句鬼話。

「他說，如果妳有一個很珍貴的妹妹，可是卻跟一個一年只能陪她沒幾天的人在一起，常常看到她自己一個人東奔西跑，常常聽到一堆人問她什麼時候要結婚，妳會不會希望她可以談一場正常的戀愛，好好地被愛？」

學長的這席話，幾乎要逼出我的眼淚。

敬雨突然停下了腳步，眼眶紅紅地對我說：「我知道跟我哥在一起很辛苦，可是我真的希望妳可以再考慮看看，能不能不要離開我哥哥？妳很可憐，可是我哥也很可憐啊！他沒有媽媽，不要爸爸，也不要我這個妹妹，他只有妳啊！」

我難過地摟著敬雨，她在我靠在我肩上啜泣。聽著她的哭聲，我也忍不住哽咽了。分手這條路，真的好難啊……

⁂

等敬雨發洩完情緒，我們坐上計程車回到我家。我讓她暫時住在我那裡，至於她要怎麼跟官敬磊見面，或許要請學長幫忙了。我只能叫敬雨做好被趕出來的心理準備。

她無奈地點了點頭，和我一起上樓。

一開門，大家竟然都在家，朱季陽也在客廳一起看電視喝咖啡吃炸雞當消夜。

樂晴看到我回來，馬上拿了一隻炸雞翅，很開心地朝我晃晃，「明怡，快來吃炸雞，季陽剛買來的，說排了好久的隊才買到，好好吃喔！」

哀怨的敬雨走到樂晴旁邊坐下，伸手拿過要給我的炸雞，落寞地吃了起來。依依看了敬雨一眼，用唇語問我，「她又怎麼了？」我只能指指坐在依依旁邊的學長，依依疑惑地看了學長，學長聳了聳肩，假裝凶手不是他。

我微微一笑，坐到立湘旁邊。晚餐沒吃的我其實已經餓壞了，拿起炸雞就開始快速地進食。朱季陽突然站在我面前，拿了杯水給我，「不要吃太快，喝點水。」

我接了過來，跟他說聲謝謝。立湘起身坐到一旁，接著朱季陽坐到我的旁邊，從口袋裡又拿出了兩張票，「明怡，後天在水源劇場有齣不錯的舞台劇，要一起去看嗎？」

我才要拒絕，敬雨已經從朱季陽手中拿走那兩張票，硬是我往我們兩人中間坐下。兩人座的沙發快要被我們三個人擠壞，我只好起身坐到樂晴旁邊，替朱季陽祈禱。

敬雨吞下口中的炸雞，雙唇油亮亮的，她看著朱季陽說：「明怡姊這幾天很忙，我陪你去看。」

朱季陽的臉有點尷尬，「沒關係，不然票給妳，妳約朋友去看好了，不過妳是？」這是他第一次看到敬雨。

敬雨抬起臉，非常驕傲地說：「我是明怡姊前男友的妹妹！」那個前字說得非常小聲、非常快速，小聲到只有細菌才聽的到的，我邊吃炸雞邊無奈地笑了笑。

朱季陽才恍然大悟，客氣地和敬雨打招呼，「啊，妳好，我是立湘的哥哥，我叫朱季陽，妳要叫我季陽哥也可以。」

敬雨快速地打量了朱季陽全身上下一次，「幾歲？什麼星座？什麼血型？喝酒吃檳榔抽菸？做什麼工作？有車子？有房子？有妻子？」

朱季陽雖然覺得很荒唐，但還是很有耐心地回答敬雨的問題，「三十五歲，天秤座，A型，會喝酒但不抽菸也不吃檳榔，我是律師，有車子也有房子，但都在繳貸款中，目前單身。」

敬雨冷哼了一聲，「有貸款還敢講這麼大聲。」

朱季陽被敬雨的敵意搞得很不自在，原本自家妹妹應該要出來解救他，立湘卻以看好戲的姿態，看自己的哥哥被一個小他十五歲的小妹妹嗤之以鼻，覺得非常開心。

我只好出聲，「敬雨，不可以沒有禮貌！」

「我已經超有禮貌了好嗎？」她反駁我，接著對朱季陽露出一個超燦爛的笑容，伸出她的手，「朱先生，很開心認識你。」在朱季陽還沒有反應過來時，敬雨自己先抓了他的手，快速地握了兩下，然後甩開，繼續拿炸雞吃。

朱季陽一臉茫然，我只能在心裡向他道歉。

聚會結束時，朱季陽還是那副表情坐在敬雨旁邊。他非常膽戰心驚，直到離開的那一瞬間，我才又看到他的笑容。

送走了孫大勇、學長和朱季陽，我們各自回房間休息，洗完澡的敬雨躺在我的床上，直接對我說：「我不喜歡立湘姊的哥哥。」

我從衣櫥裡拿出另一個枕頭放到床上，再拿吹風機遞給敬雨，「妳剛才太沒有禮貌了，去把頭髮吹乾再回來躺。」

她心不甘情不願地起身，拿了吹風機開始吹頭髮，吹風機的聲音很吵，但是她更吵，「我幹麼要對他有禮貌，他是我哥的情敵耶，有沒有搞錯，妳不要喜歡他，你們不配啦！」

我無奈地嘆了口氣，「我沒有喜歡他，所以妳不用擔心。」

一聽到我的回答，她馬上開心地關上吹風機，抱過來又像個無尾熊一樣掛在我身上，「真的嗎？真的嗎？妳真的沒有喜歡他？妳真的不會跟他在一起？所以我哥還有希望囉？」

「沒有。」我很殘忍地告訴敬雨，走到這裡，分手已經成了定局。

她垮下臉，重新拿起吹風機用力吹著自己的頭髮。我無法再安慰她，只能離開房間去洗澡，等到我再回房間，她已經躺在床上睡著了。

幫她蓋好棉被，我躺在她旁邊，依舊無法入睡。

隔天，敬雨還是跟著我去上班，她坐在大廳裡看雜誌，我則是趁空檔跑到學長的辦公室，請他幫我帶敬雨去找官敬磊。

「方便嗎？」我擔心地問。

學長思索了一下，「我是覺得，這事還是要先知會阿磊一下，妳也知道他一向不喜歡敬雨，直接帶去的話，可能不太方便。」

我點了點頭。

學長隨即從桌上拿起了手機，撥打官敬磊的電話，不知道為什麼，我心跳開始瘋狂加速。

「阿磊……啊是、是，不好意思，這樣子啊！好那我知道了，謝謝。」學長一開口，我覺得我的心都卡在喉嚨了。

一結束通話，學長看著我說：「敬磊好像在忙，他朋友接的，說他現在在台東，晚點回我電話。」

在台東啊，是去看獨居的謝奶奶，還是年輕時被機器割斷腿的阿金伯伯？或是……

我沒有繼續想下去，只好跟學長說聲謝謝後離開，到大廳告訴敬雨，敬磊目前不在台北，也不確定什麼時候會回來。

結果敬雨老人家非常淡定地說：「沒關係啊，反正在他回台北之前，我就先住妳那裡啊！我不介意的，妳不用擔心我，我等等無聊再晃去找尚昱哥哥，妳去忙吧！」接著把視線移回手裡的時尚雜誌上頭。

我差點就要對她說：「是，奴婢退下。」

忍不住搖了搖頭，上輩子不知道欠了他們兄妹多少。連算都懶得算了，我回到辦公室，繼續未完成的工作。

歷經好幾場亂戰，好不容易安全下班，我換好衣服走到大廳叫醒睡翻的敬雨。她的打呼聲已經嚇到旁邊的外國客人，我不好意思地對他們致意，然後把敬雨拉走。

她邊擦著口水，邊跟在我身後，我轉過頭問她，「肚子餓不餓？」

她搖了搖頭，對我說：「趁哥哥不在，妳可以帶我回去他那裡嗎？我好久沒有去了，想去看看。」

我為難地看著敬雨，沒有想過我還會再回去那裡，因為說分手的那天，我已經讓官敬磊直接把我的東西都丟掉了，我連回去收都沒有必要。

「我沒有鑰匙。」那天全都還給官敬磊了。

「沒關係啊！反正妳一定知道備用鑰匙放在哪裡。」她跑到我旁邊，拉著我說：「拜託啦！妳就讓一個看不到哥哥的妹妹看一下哥哥家，一解相思之苦嘛！」

我說過，她盧的功力，沒有人能抵擋。

我只好陪她往官敬磊家前進，在鞋櫃第二層的第四雙球鞋裡找出備用鑰匙。一打開門，敬雨就興奮地跑了進去，開始在官敬磊的小套房裡東摸摸西摸摸。

我看著和我那天離開時一模一樣的場景，他喝一半的飲料和我還給他的鑰匙還在桌上，陽台的落地窗沒有關。我忍不住開始整理起房間，敬雨也開心地和我一起打掃。

在我整理床單時，敬雨很天真地問了我一句，「明怡姊，來這裡是不是會一直想起和哥哥戀愛時發生的事。」

「沒有。」我冷淡地回答，但事實上是的，我不停地想著我們在這裡面相處的情景，官敬磊跟我抱怨組織的錢不夠，可是他想做的事很多，跟我埋怨他父親的無情，告訴我他有多想念爺爺和媽媽，還曾對我說了數不清多少次的我愛妳。

我快速整理好東西，對敬雨說：「我們該回去了。」再不走，我只會想到更多。

「再留一下下嘛！」敬雨又打開冰箱，然後開始耍賴。可是我已經待不下去了。

「走了啦！」我再一次催促她時，聽到有人拿鑰匙開了門。我緊張地回過頭，時間像變慢了一樣。想找地方躲，但雙腳怎樣都沒辦法移動，只能硬生生看著官敬磊從門口走了進來。

我的呼吸在那一刻停止，沒想到會在這個時候見到官敬磊，原本就有點自然捲的頭髮，像睡了三天沒有整理，鬍渣布滿下巴沒有剃，大眼睛裡都是血絲，脖子還有兩道小小的傷痕，身上穿的黑色T恤都快要變成灰的，整個人狼狽到不像樣。

他看到我在屋子裡也滿臉驚訝，過去溫柔的眼神突然變得很冷漠，就像面對陌生人一樣。我沒有立場難過，卻還是有點心痛。

他沒有說什麼，走到桌子旁，把身上的包包放在椅子上，一轉頭看到站在廚房裡的敬雨，馬上對驚恐地她吼著，「出去，誰允許妳進來的？」

敬雨嚇得跑到我後面，對於這一幕，我感到非常難過，我看著官敬磊說：「有話好好說，不要對她這麼凶。」

官敬磊轉過頭看我，像在看路人一樣，冷冷地說：「我和她沒有什麼好說的，從以前到現在都是，而和妳，現在也沒什麼好說的，既然妳要分手，就徹底一點，我希望從今以後各自過各自的生活，我不會出現在妳面前，也請妳以後不要再來我家了。」

我以為我比較狠心，沒想到他比我更狠。從來沒有想過他會對我說這種話，我幾乎嚇傻了。

敬雨聽到官敬磊這樣說，非常著急地對他說：「是我拉明怡姊來的，你不要因為我就對明怡姊亂發脾氣，她很無辜好不好，你要生氣就對我生氣……」

官敬磊沒讓敬雨說完，就又吼著她，「出去。」

「好、好，我出去，我馬上出去。」一說完，敬雨就馬上緊張地跑出去穿鞋。

我看著官敬磊生氣的臉，嘆了一口氣，「我真的不覺得你媽和爺爺在天上看到這一幕會有多開心。你就繼續逃避敬雨、逃避你爸，希望幾年後你不會有什麼遺憾。」

他看著我，一句話也沒有回答。我轉身離開，在門口套上鞋子，往前方的敬雨追去。我一拉到她，她立刻轉身直接抱著我大哭，邊哭邊說：「為什麼我哥要這麼討厭我，我又沒有做錯事，我就剛好是我媽的女兒而已啊！」

她說的每一句話都讓我好心疼，但我又不知道怎麼安慰她，只能讓她盡情地在我的肩上大哭，兄妹倆哭聲都一樣。

我相信官敬磊心裡也不好受，但他就是習慣用這種方式保護他自己，他某部分的心智，還是停留在十六歲媽媽離開的時候。

敬雨哭累了，回家路上都沒有再說過半句話。就連到家後看見來訪的朱季陽也沒說什麼，只是默默拿了衣服，很乖巧地去洗澡，然後回房間躺著。

看她睡了之後，我走出房間，依依馬上小聲問：「她今天怎麼了啊？」

我簡單帶過剛剛的事。

除了嘆氣以外，大家就沒有什麼好說的了，畢竟家事永遠是別人無法插手的。和大家再聊了一下，我就回房間準備拿衣服洗澡。一轉身，不小心踢到櫃子下的盒子。

我蹲下一看，是官敬磊送我的鞋子。我無奈地笑了出來，果然不能送鞋，我真的跑掉了，但這鞋子我要想辦法還他。

這個晚上，我思考的是：相愛的兩個人，為什麼分開之後就會不自覺對彼此築起高牆？原本最靠近你心窩的那個人，瞬間被你推得好遠。可是那些愛呢？並沒有因為分開而消失啊！

至少我沒有。

這個晚上，伴隨著敬雨的打招聲，我緩緩地睡著，睡到不省人事，睡到敬雨叫我起床，我才知道我又快要睡過頭了。快速地重複每天早上的動作，我換好衣服走出房門，敬雨和樂晴、依依都坐在餐桌上吃早餐。

我走了過去坐下，樂晴遞了碗蔬菜粥給我，我連湯匙都還沒拿起來，敬雨就對著大家說：「我明天要回去加拿大了。」

「這麼快？」依依問。

敬雨點點頭，湯匙拌著眼前的粥，模樣好可憐地說：「反正我哥也不想見我，又跟明怡姊分手了，我看我們兄妹這輩子大概就這樣了，我不抱任何希望了。」接著抬起頭看我，「明怡姊，如果妳要跟朱先生在一起，我也不反對了，妳開心比較重要，誰叫我哥不爭氣。」

我完全沒有辦法回答，詞窮到就算吃了五本辭海都沒有辦法說出什麼。

依依開口安慰著她說：「敬雨，妳不要放棄得太早，未來就是因為充滿不確定性，生活才會刺激啊！搞不好有一天，你哥就在大便時突然想通了。」

樂晴馬上放下湯匙，很不屑地看著依依，「雖然每個人都會拉屎，但可以不要在我吃早餐時說嗎？」

依依笑了笑，「Sorry！」

「算了吧！妳們最好看看我哥的表情，都不知道便祕了多久，昨天還對明怡姊凶耶，活該被拋棄！」

我不想再想起昨天的事，只好轉移話題，「明天什麼時候的飛機？」

「晚上。」敬雨回答我。

「我明天還得上一整天的班。」我說。

「沒關係啦，我和孫大勇送她去機場，妳不用擔心。」樂晴知道我想說什麼。

敬雨流著眼淚說：「我現在真的開始討厭我哥了，都是他害的，以後我就不能來這裡，也不能打電話給明怡姊了……」

樂晴和依依連忙安慰她，「不要想太多，妳哥是妳哥，妳是妳啊。妳以後回台灣還是可以來住這裡啊！」

「真的嗎？」又哭又笑，小狗撒尿。

樂晴很用力地點點頭，敬雨轉過頭來看著我。我嘆了一口氣，也點點頭，「以後妳跟男朋友吵架或是被當，都可以打給我。」雖然我總覺得哪裡怪怪的。

得到我們的允許，敬雨停止了眼淚，笑著說：「那我今天還是要跟妳去上班。」

我差點被粥噎死，咳了兩聲，「妳不無聊嗎？」

她搖了搖頭，「我覺得咖啡冰砂和手工蛋糕實在太好吃了。」

好吧！我只好再當一天職業婦女，帶著敬雨上班，再幫她老人家備好點心。她今天沒看雜誌，從家裡拿了台孫大勇在玩的PSP，還三不五時打給孫大勇，問他祕技怎麼按。

我安心地繼續工作，May姊突然把我叫進辦公室，我以為是發生了什麼重大的事，結果她居然告訴我，「妳連續好幾天all班了，今天早點下班沒關係。」

「就這樣？」我驚訝地看著May姊。

「不然妳要怎樣？」May喝了口桌上的咖啡，悠閒地問著我。

我笑了笑，「沒怎樣。」

「情人節檔期結束之後，妳要不要休個長假，妳知道妳整個人看起來很乾燥嗎？」May 姊打量著我。

我忍不住摸了摸自己的臉，還好啊！沒脫皮啊！

「女人談戀愛就是要滿臉紅光，看起飽滿飽滿，水水嫩嫩的樣子才對。妳都談了那麼久的戀愛，應該是氣色要越來越好才對，可是妳越看越……嘖，該怎麼講？」

May 姊居然嘖了我一聲，真是令人難過。

「我覺得妳要考慮換個男人了，是男人的問題。」May 姊果然經驗老道。

我笑了笑，對她點點頭，「知道了，我會休長假去換新男朋友的。」

沒想到我會這麼乾脆地回答她，May 姊乾咳了兩聲，我走出辦公室，決定早點下班，帶敬雨去逛夜市吃點好吃的，好讓她開心一點回加拿大。

交接好工作事項，我換好衣服，走到和電動奮戰的敬雨面前，她驚訝地抬頭看我，「下班了？」

我點了點頭，拉著她的手，「走吧！我帶妳去逛逛，我們去吃妳最想吃的東西，好不好？」

敬雨開心地點點頭，「喔，我好想念臭豆腐！還有，帶我去吃芒果冰！」

我們正從飯店大廳要離離開時，朱季陽從後面叫住了我們。我和敬雨同時回頭，我笑著跟他打了招呼，「好巧，來辦公？」

朱季陽點了點頭，「對，正要離開，妳們要去哪，要不要送妳們過去？」

敬雨再一次打量了朱季陽一番，然後雙手扠著腰，對他說：「我可以允許你偶爾約明怡姊出去，但要保證你會對明怡姊好，不會丟下她自己一個人，不過，去哪裡都要經過我的同意。」接著她從朱季陽的口袋抽出筆，拉起他的手，在他的手掌上寫了一串數字，「這是我的電話，記得隨時跟我報告。」

我看著這一幕覺得荒唐，更荒唐的是，朱季陽竟乖乖點頭說好。

欸，我有說好嗎？我沒打算和朱季陽更進一步啊！

在我無法理解他們的行為時，我的手機鈴聲剛好響了。我邊看著敬雨對朱季陽下馬威，邊接起電話。

是好久不見的阿財。他的聲音從電話裡傳了出來，「官太！哇阿財啦！阿磊出車禍了！現在在醫院急救，妳可以快點過去嗎？我不知道妳能不能見他最後一面，因為我不知道他被撞得多嚴重，我現在也正要趕過去！」

和接到姊姊自殺的電話時一樣，我腦子再度一片空白，如果要讓我選這輩子最痛恨的地方，那一定是醫院的急診室。

朱季陽和敬雨發現我臉色不對勁，拉著我猛問發生什麼事。我回過神，急忙抓著朱季陽的手，失控地對他說：「敬磊出車禍，你現在可以送我去醫院嗎？拜託！」

敬雨一聽，也嚇得哭了出來，朱季陽拉著我們兩個人的手，帶我們往他停車的位置走去，「好，走，我車子在那裡。」

把我們兩個塞進車內，他用最快的速度載我們到了醫院，陪我們跑到急診室，我看到了吳董和蓋文。

吳董跑到我面前，緊張地說：「我真的快被阿磊氣死，他明明這兩天精神狀況不好，我們叫他留在家裡休息，他硬是要跟我們去台東。騎摩托車要去蓋文家集合時，為了閃路邊的一隻狗撞上電線桿，摩托車都撞爛了。」

聽完吳董的話，我整個心揪在一起，幾乎都快擰碎了。我忍住眼淚，因為敬雨已經哭到快沒有聲音了，朱季陽在一旁安慰她，我就站在診間的門口，腳步無法移動。

怎麼會發生這種事！

我焦躁地不停搓著自己冰冷的雙手，好讓自己獲得一點溫暖。但怎麼樣都沒有用，全身都覺得好冷。

不停地祈禱，希望官敬磊要沒事才好。

蓋文也擔心地在一旁走來走去，最後突然走到我面前，「到底是為什麼妳要跟磊哥分手？他到底做錯什麼，妳要跟他分手？在越南時，他拚了命趕工作進度，就是為了回來陪妳過情人節，結果妳居然和他分手，妳有沒有考慮過他的心情啊！」

阿財剛好走進來，趕緊叫蓋文閉嘴，「阿磊有允許你這樣對明怡說話嗎？他們的事，他們自己會看著辦！」

蓋文生氣地走到一旁，阿財走到我旁邊安慰我，「明怡，妳不要理蓋文，他年紀比較小，說話很衝，妳不要生他的氣。」

我搖了搖頭，「我不會生他的氣。」他可以罵我，因為連我自己都想罵我自己，因為他說得沒錯，我只考慮自己的心情，就跟他提分手，卻完全沒有想過他的心情。

我只希望他可以沒事，健健康康的就好，他還得帶著他自由的翅膀在全世界飛翔，幫助更多需要幫助的人。他還得實現更多他想做的事，我把他讓了出來，不是為了讓他出事的。

我無力地蹲在地上，忍不住開始啜泣。

敬雨走了過來，也蹲在我身旁，摟著我說：「明怡姊，不要哭，哥哥知道會難過的。」

我不想哭，但我沒有辦法不哭。

為了你，我願意失去一輩子的自由。

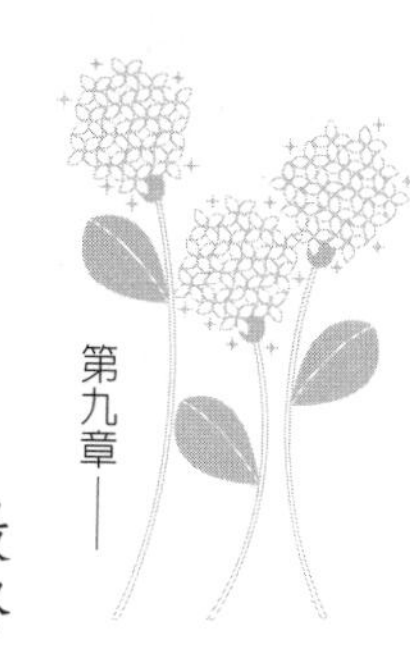

第九章——

最終，我們還是互道了再見

等待官敬磊醒來的時間，漫長到足以讓我從和他相識的那一天起，回想到分手的那一天。第一次看見他，他那種毫不在乎又厚臉皮的樣子突然很清晰地出現在我眼前，說真的，他完全不是我會喜歡的類型。

或許是我父親太過極權和專制，所以我想戀愛的對象，是一個平凡的人，有著不慍不火的個性，不會大聲說話，做著普通的工作，不需要有多大的企圖心，和我一樣覺得平淡才是最真實的幸福。

而我卻愛上了一個不平凡的人，談著超乎自己極限的戀愛，這是我始料未及的。就像樂晴以前常說她和孫大勇不可能，卻在繞了一大圈後，和孫大勇走到了一起。

想像不到的，才是戀愛的滋味。

如果，那一天我沒有在麵店遇到官敬磊，就不會看到他和他父親吵架的那一幕，就不會心軟地任他訴說他的故事，更不會讓他走進我的生命。

我常在想，如果當初我沒有愛上他，現在會是怎麼樣？還會像現在蹲在這裡，流著無聲的眼淚，擔心裡面的人會不會有生命安全？他會不會成為我人生最大的遺憾？想到這裡，我幾乎崩潰得快要暈厥。眼前的門突然打開，我快速站了起來，卻因為蹲了過久，雙腳已經麻木，整個人摔倒在地上。

朱季陽和阿財馬上衝上前把我扶起來，敬雨也哭哭啼啼地走到我身邊，擔心地問我，「明怡姊，妳沒有沒怎樣？」

我搖搖頭，看著走出來的醫生和護理人員，期待能從他們口裡聽到好消息。他們簡單地說明了官敬磊的傷勢狀況，然後像旋風一樣，繼續拯救下一個病人。

肋骨斷了五根，頭部有撕裂傷縫了十八針，其餘有幾處小傷。簡單地說，目前看起來沒事，但需要住院治療。

在現場的我們同時鬆了一口氣，開始東倒西歪。

將官敬磊推到病房內後，阿財、蓋文和吳董就先離開了，只剩下朱季陽、敬雨還有我。我看著躺在病床上的官敬磊，期待他快點睜開眼睛，好讓我能真切地確定他還活著，他還能呼吸。

敬雨則是眼淚停都沒有停過，朱季陽遞衛生紙的手也沒有休息過。

「季陽，你可以先幫我送敬雨回去休息嗎？」她整整哭了將近三個小時，我真的沒辦法在擔心官敬磊的同時還要分心擔心敬雨。

敬雨馬上搖頭，「我不要，我要在這裡等我哥醒來。」

我嘆了口氣，「敬磊不會那麼快醒，妳先回去休息一下，洗個臉，平復一下情緒，晚點再過來好不好？」

敬雨妥協了，朱季陽帶她一起離開。病房裡只剩下我和官敬磊，我忍不住伸出手摸著他的臉，那張我曾經羨慕的娃娃臉，現在卻好幾處掛彩，左眼的眼角都腫了起來。我又忍不住流下了眼淚，快速地伸手擦去，緊握著他的手，盼著他快點醒過來。

他無聲無息地睡著，我無聲無息地等著。

真沒想到，就連分手後，我還是在等待他。

兩人住的病房裡，另一張病床是一位爺爺，不停地咳嗽、清痰，外籍看護的動作特別大，一個不小心把不鏽鋼杯掉在地上，發出超大的聲響。託她的福，官敬磊在這個時候醒過來了。

我激動地站起來看著他，他不太適應光線，眨了眨眼睛，然後不太適應地看著出現在他面前的我。

「還好嗎？有沒有哪裡特別痛？護士說如果真的痛到受不了，可以給你止痛藥，你要不要喝點水？還是我請醫生過來看看？」他醒來的那一刻，我的嘴就沒有停過。

他吃力地搖了搖頭，或許是扯到傷口，他痛得皺了眉頭。

我嚇一跳，趕快制止他，「你不要亂動，你肋骨斷了，現在一動就會痛，你需要什麼，告訴我，我幫你。」

「叫阿財來。」他眼神沒有放在我身上，有氣無力地說著。

我點點頭，馬上聯絡阿財，再打電話給敬雨，告訴她，哥哥已經醒了。她焦急地表示馬上要搭計程車過來。

掛掉電話，我回到病房，官敬磊又閉上眼睛，緩緩地睡著了，因為他醒來過，我安心了不少。我到樓下販賣部買了些住院的用品，然後到洗手間用溫水打濕毛巾，幫官敬磊把臉和手上的髒污擦掉。

幾乎是同時，阿財和敬雨都剛好走進病房。

敬雨一衝進來，又開始準備激動時，我急忙把她拉出去，怕她在病房裡又崩潰起來，阿財也跟著走出來。我跟他們說了剛剛的情形，他們兩個人都鬆了一口氣。

我拉著敬雨，打算先幫她做好心理準備，我對她說：「如果等等敬磊再醒來，妳看到他表情不對，妳就先出來。他現在情緒起伏太大的話，擔心會拉扯到傷口。」

敬雨用力點點頭，「我知道，看到我哥，在他發火之前我會馬上滾出來的。」

我對阿財和敬雨說：「我剛才忘了買水，我下去樓下便利商店買幾瓶水。」

他們回到病房，我用最快的速度跑到便利商店買了幾瓶水，再回到病房時，官敬磊剛好也醒了。他看到我走了進來，卻緩緩地移開他的眼神，而敬雨就坐在一旁。我以為他會發火地趕敬雨出來，幸好沒有，雖然他沒有理敬雨，但至少能夠和平相處，我就很滿足了。

阿財轉頭看到我回來，立刻把我拉出去，然後面有難色支支吾吾地對我說：「明怡，那個……妳先回去休息好了，妳這樣跑來跑去，一定很累了，這裡有我照顧阿磊就好了。」

「沒關係，我不累，我可以照顧他。」我笑著對阿財說。

才準備再走進去病房時，阿財又急忙拉著我，接著告訴了我實話，「唉，其實是阿磊叫妳回去的，他說現在你們已經沒有關係了，不需要妳照顧他，妳也不用再來看他。我真的是……不知道你們到底是想怎麼樣啦！不過看在他現在不舒服的狀況，我想，還是照他說的做比較好。」

阿財滿臉為難，又是嘆氣又是無奈。

我愣在原地，強迫自己接受被官敬磊隔離在他世界之外的事實。我把水交給阿財，勉強地笑了笑，艱澀地說出，「我知道了，麻煩你照顧他，我先回去了。」

阿財點點頭，想安慰我，卻又不知道如何開口。我給了他一個微笑，要他別在意。

離去前，試圖再往病房裡望一眼，但病床的吊簾已經隔離了我和官敬磊的世界。我落寞地離開醫院，不停地告訴自己，官敬磊說的沒有錯，他已經不再需要我了，我不應該出現在他的世界。

我沒有資格再為他做點什麼了。

就這樣，我漫無目的地走在街上，原本就修理過很多次的高跟鞋又在此時此刻宣告廢了，鞋底開了口。我拿掉鞋子，直接丟進路旁的垃圾筒，然後赤腳走在路上。路人的詫異眼光對我來說都還算是溫柔，最殘酷的是剛剛官敬磊從我身上移開的眼神，好冷漠。

直到走到腳底板痛了，我從那股失落的感覺痛醒了，才攔了計程車回家。一打開家門，孫大勇和學長都來了，連朱季陽也還在。他們看到我走進來，都嚇了一跳。

依依看著我說：「妳怎麼現在回來了？官敬磊沒事吧？妳不用在醫院照顧他嗎？」

樂晴也著急地過來說：「對啊！晚上敬雨回來跟我們講的時候我們都快嚇死了，怎麼會這麼不小心？還好沒有生命危險，我們剛剛還在討論要不要過去跟妳換班。」

我很想笑著對大家說沒事，但我笑不出來，緩緩對他們說：「他說我們分手了，我不需要去照顧他。」

客廳裡陷入一片寂靜。

大家的眼光都放在我身上，我不知道要怎麼回應，只能緩緩走回房間，關上房門。依依跟在我身後走了進來，我知道她想安慰我，但什麼都安慰不了我，說分手的是我，我比官敬磊更應該接受這個事實，所以沒有什麼好說的了。

「依依，我很累，我很想休息，我現在什麼都不想講，對不起。」我看著她擔憂的臉說。

她無奈地說：「有什麼事，我們都在外面。」

我點點頭，看著她再次關上我的房門。然後我無力的躺在床上，用棉被把自己包得緊緊的，什麼也不想再想，閉上眼睛，讓淚水無聲地流進被子裡。一秒、一分、一小時，然後一整夜。

隔天早上，雙眼腫得幾乎睜不開，我在床上多躺了一陣子，好不容易才張開眼睛重見光明。我一走出房門，朱季陽和立湘都坐在客廳裡，依依和樂晴在廚房準備早餐。

朱季陽一看到我走出來，便直接把我拉到沙發上坐下，脫掉我的室內拖鞋，我嚇了一跳，想要把腳伸回來，「幹麼？」

立湘在旁邊看到這一幕也嚇了一跳，嘴巴張得大大的，樂晴和依依聽到我的聲音也從廚房跑出來。

朱季陽抬起我的左腳看了後腳跟，轉過頭對立湘說：「有醫藥箱嗎？」

立湘點點頭，旋風般地拿了醫藥箱遞給朱季陽，樂晴和依依也走到朱季陽旁邊，看到我的腳，樂晴的表情突然變得很驚訝，「明怡，妳腳受傷流血，妳都不知道嗎？沒有感覺嗎？」

我搖了搖頭，我知道腳底踩著會痛，但我以為那是昨天赤腳走路的關係，根本不曉得是受傷了。」

朱季陽開始幫我處理傷口，還夾出了一顆小石子，怕血的依依嚇得幾乎快要暈過去。他很細心地幫我洗了很多次傷口，每洗一次就會問我痛不痛，一直到上好藥，可能問了三百萬次。

但我真的不痛，反倒是心比較痛。

幫我包紮好，朱季陽便對大家說：「我要先去事務所了，早上有庭。」

立湘看了自己哥哥一眼，「所以你來幹麼的？」

朱季陽看著立湘，「昨天晚上看明怡走路怪怪的，想說過來看看。」

立湘不解，「那你可以打電話給我，幹麼多跑一趟？」說完，她馬上被依依和樂晴架到廚房，嘴裡被塞了一塊麵包。可憐的立湘，命差點就賠在一塊麵包上。

朱季陽不好意思地搔了搔頭，然後對我說：「要注意傷口，如果發炎，一定要去看醫生，有什麼需要我的，隨時打給我。」

「謝謝你，但以後不要再這樣做了，會讓我負擔很大。」我很老實地告訴朱季陽，我沒辦法在心裡還有人的時候接受他的溫柔，那對他和我都很不公平。

他失去了微笑，淡淡地跟我說了聲再見。我看著他的背影，真心希望他遇到愛他的女人。

朱季陽離開後，依依把我拉到餐桌前，「吃完早餐再去上班。」

「我沒有胃口。」我說。

「多少吃一點，吃一口算一口。」樂晴哀切地說。

看著她們的臉，我坐下來。我不能讓她們為我擔心，這應該是我現在唯一能做好的事。我咬了口吐司，在口裡怎麼嚼都吞不下去，只好喝了一大口水，硬逼自己吞下。

「我們等等會去看敬磊。」依依邊說邊擔心我的反應。

我平靜地點了點頭，突然羨慕起身為朋友的他們。他們可以隨心所欲地關心他，而我這位前女友，只能把關心放在心裡。

吃完早餐，我回到房間把敬雨的行李都整理好，然後把行李箱拖出來交給依依，她一臉莫名其妙的神情。「這個拿給敬雨，她能待上一整個晚上沒被趕出來，敬磊應該是考慮要接受敬雨了，所以她沒有再回來這裡的必要了。」我對依依解釋。

「妳確定？」依依擔心地問。

我點了點頭，憑十年來的感情，這點我可以非常確定。

把行李箱交給依依，我出門工作，一到公司便馬上寫了假單遞給 May 姊，她快速地在假單上簽了字，笑著對我說：「以前叫妳休假死都不休，怎麼這次這麼反常，假單這麼快就交上來了？」

我笑了笑，沒說什麼。

突然很想給自己放個長假，去哪裡都好，不去哪裡也好，就這樣好好待著也沒有關係。我的家庭關係這麼失敗，戀愛也談得一塌糊塗，如果我不再讓自己放個假，好好喘息一下，我都不知道還有什麼能支撐我繼續生活下去的力量。

回到前檯，處理了例行性事務後，我在電梯裡遇到尚昱學長。他把我拐回他的辦公室，然後非常慷慨地請我喝了杯即溶咖啡。

「不錯吧！新機型，方便快速，咖啡又香又濃。」學長得意洋洋的。

不予置評。

「就化學的味道。」我很坦白說出我的感覺，畢竟我在家可是喝依依精心挑選的咖啡豆，立湘用虹吸式咖啡壺拿捏力道，算準時間煮出來的咖啡。

學長像被我丟了十顆水球一樣，洗臉洗得很乾淨。他乾咳兩聲，把話題轉到正軌上，我當然知道他不會沒事找我喝咖啡。「我早上去看過敬磊了。」

我點了點頭，但不懂為什麼全世界的人都要告訴我這件事。

學長看著我，思考了一下後說：「嗯，其實我也不知道要講什麼啦！但是總覺得要找妳說說話。」

我笑一笑，「我沒事啦！」

學長對我嘖了一聲，「我今天一大早去醫院，敬磊對我說的第一句話也是『我沒事啦』！你們也拜託一下，一個撞成那樣說沒事，一個眼睛腫成這樣說沒事，都很愛把別人當白痴耶。」

好吧！我低下頭，無法反駁。

「妳和敬磊，真的不能再繼續走下去了嗎？」學長小心翼翼地問。

我抬起頭看學長，「你不是跟敬雨說過，你贊成我和敬磊分手嗎？」

學長一聽到我知道這件事，馬上慌張地解釋，「因為妳就像是我妹妹一樣，我當然覺得敬磊目前這樣的狀況很不適合妳，但我又是敬磊的朋友，看到他那樣，我又覺得他真的很需要妳，我沒有偏袒誰喔！只是覺得很可惜。」

我站起身對學長說：「不要覺得可惜，這十年我並沒有白過，我相信他也是。」

哪一段分開的感情不可惜？

一回到自己的辦公室，我就接到敬雨打來的電話，「明怡姊，妳真的不過來看哥哥了嗎？」

「妳還好嗎？」我沒有辦法回答她的問題，只能轉移話題。

「他就一直那個臉啊，把我晾在旁邊，我跟他講話都不理我。」敬雨十分哀怨。

我笑了笑，「妳就繼續講，他都在聽的。」

「真的嗎？」她好像有了一線生機，開心地問我。

「真的。」這點我很有把握。

「好，那我就一直講，煩死他。對了，剛剛依依姊和樂晴姊也來過，還把我的行李箱帶過來。明怡姊，妳不會是討厭我了吧！還是因為哥哥的關係，不想再理我了？」

「我是那種人嗎？當然是希望妳趁現在多和妳哥相處啊！所以才把行李都拿給妳，

之後出院，妳就去住他那裡，這樣才有多一點的時間可以培養感情。」

敬雨沒有回答我，好像突然失去了聲音。

「喂，敬雨，妳還在聽嗎？」我覺得奇怪。

接著，電話裡就傳來她哽咽的聲音，「我以前最希望的就是哥哥帶著妳還有我，我們一起吃飯、一起看電影、一起出去玩，結果現在都沒機會了。」

我嘆了口氣，過了很久才有力氣回答她，「不要想太多，先把妳哥哥照顧好，好不好？」

「嗯，知道了，那妳可以找一天來看哥哥嗎？」敬雨繼續用好濃的鼻音說著。

我無法答應她，「敬雨，我要去忙了，下次再說。如果妳需要什麼東西，可以打給樂晴，她會幫妳送過去。」

我很想去看他，很想很想，可是他並不想看到我啊。

沒等敬雨再說什麼，我快速地掛掉電話，讓自己再次回到工作裡。

⁂

接下來的幾天，我的生活就是上班，然後接聽敬雨、阿財、依依、樂晴、大勇和學長輪流打來的電話，一天差不多會有十到十五通。敬雨會隨時跟我報告她剛才對官敬磊說了什麼，然後他有什麼反應，只要眼神和敬雨對上，她就會興奮了很久，開心地告訴我，「明怡姊，我哥剛才看我了耶。」

欸，我想上輩子欠官敬磊最多的不是我，是敬雨。

然後只要官敬磊做完一樣檢查，阿財就告訴我所有的狀況。什麼電腦斷層、換藥、打針，醫生說了什麼，護士做了什麼，連尿液的顏色和排便的次數都交代得非常詳細，「明怡，阿磊剛吃了一碗粥！」

真好，我忙到現在都還沒吃東西。

其他人每天都會輪流去看一下官敬磊，只要去看過他，就會馬上打電話給我，把他們的對話重複一次。剛剛說了幾年前一起吃飯的事、幾年前一起打球的事……每天都輪流跟我敘舊，說著幾年前、幾個月前的所有事。

雖然知道官敬磊狀況越來越好我很安心，但也讓我每天都不停地想念官敬磊。

終於，請了兩個星期的特休今天開始生效，我決定去花蓮躲在姊姊那邊，我想大家都會輕鬆一點。

「妳什麼都不用帶，人來了就好。」姊姊在電話那頭開朗地對我說。

「知道了，我連錢包都不帶。」我開玩笑。

「有姊姊在，怕什麼？」姊姊很驕傲地回應我。但她的確應該驕傲，因為她現在用她的雙手努力工作，自給自足，粗茶淡飯就很幸福。

「知道了，我等等上車後再打給妳。」

「好，待會見，晚上帶妳去吃好吃的。」姊姊很興奮地掛了電話。

我也很期待接下來的兩個星期，不，應該是接下來的每一天。

帶了幾套衣服和一些保養品，我提著簡單的小行李，準備出門搭車度過我難得的長假。一走出房門口，坐在客廳喝咖啡的樂晴看見我手上的提袋，訝異地問：「去兩個星期，帶這樣夠嗎？」

我點了點頭，「帶換洗衣服去就好啦。」

樂晴接著一臉有話想說的樣子，一直吞吞吐吐。實在太怕她噎到，我只能嘆口氣，開口問她，「有事想跟我說嗎？」

她好像得到了免死金牌，馬上走到我旁邊，假仙地笑著說：「沒有啦，我哪有什麼事想說！」

「嗯，那我出去搭車囉！」既然沒有，那我也不繼續問下去了。

聽到我不繼續問，樂晴馬上說：「等一下啦！今天官敬磊出院，妳真的不去看他一下嗎？」

不是不去，而是不能去。但他可以出院回家休養，我真的很開心。

我搖了搖頭，「不了。好了，不說了，我先去坐車，到花蓮之後，我再打給妳們喔！」

樂晴面露惋惜的表情，對我點了點頭。

正要出門時，立湘和朱季陽剛好走了進來。自從那天我直接告訴朱季陽，他對我的好是一種負擔，這一陣子我都沒有再見過他了。他微笑地對我和樂晴打了聲招呼，然後把手上的提袋交給樂晴，「我媽做的一點小菜，叫我帶過來給大家一起吃。」

樂晴笑著接了過來，「啊，你和立湘一起回家啦？」

朱季陽點點頭，接著立湘對著我們說她還要趕設計稿，就先回房間了，樂晴也到廚房整理朱季陽帶過來的小菜，客廳只剩下我和朱季陽。他看著我手上的行李，好奇地問：「妳要出遠門嗎？」

「去我姊那裡玩幾天。」

「反正我也要回公司，我順便送妳去搭車好了。」朱季陽熱心地的提議著。

「不用了，你去忙吧！我自己搭公車也很快。」

但朱季陽伸過手拿走了我的行李袋，「不要跟我客氣，妳也不要想太多，就只是送朋友一程而已，我沒有其他的想法。」

他給了我一個很真誠的微笑，我無法拒絕他。

送我到車站的途中，我很想跟他聊點什麼來打破這車內的安靜，但又不知道該說什麼。還好他先開了口，卻是問了有關敬雨的事。他告訴我，敬雨每天晚上都打電話去威脅他。

「不好意思，她其實很可愛。」我只好趕緊開口跟他道歉。

他笑著搖搖頭，「不會，的確是滿可愛的，感覺得出來她真的很愛她哥哥，跟我妹實在差很多。」

我也笑了笑，那個有肢體接觸和感情表達障礙的立湘，其實也是個很溫暖的人啊！

朱季陽突然話題一轉，「明怡，未來的事很難說，我希望我們可以順其自然，就先把我當朋友，等到真正了解我之後再拒絕我，也還來得及，別輕易就築起一道牆。」

我嘆口氣，「等到你真的可以把我當朋友一樣對待的時候，我就可以把你當作我的朋友了。」

又是一道繞不出口的迷宮，朱季陽是，我也是，我們都困在裡面，總以為這樣就走得出來，殊不知仍然在原地繞圈圈。

喜歡一個人的時候，方向感真的會變得很差。

包包裡的手機鈴聲，阻止了朱季陽繼續開口。不管是誰打來的，我都感謝他，祝他身體健康萬事如意長命百歲平安到家。

我接起電話，敬雨的哭聲忽然傳過來，嚇得我緊張地問：「怎麼啦？」

她沒有回答我，只是繼續哭，哭到我越來越不安，「發生什麼事了？妳哥罵妳了嗎？」

電話裡還是哭泣的聲音，而且沒有要停的意思。

我著急地繼續問她，「妳不要這樣一直哭，可以先告訴我發生什麼事了嗎？敬磊不是今天要出院嗎？難道又怎麼了？」

回應我的還是哭聲。我忍不住提高音量，「敬雨，不要再哭了，妳現在在哪裡？」她斷斷續續地說了兩個字：醫院。

我只好請朱季陽馬上迴轉，送我到醫院。一路上他也緊張地問著我發生了什麼事，但我什麼都不知道，只希望官敬磊不要又發生什麼事才好。

一到醫院，我連電梯都不想等，直接從一樓爬到六樓，朱季陽跟在我後面，也爬得氣喘吁吁。我慌張地跑進官敬磊的病房，卻看到官敬磊穿著自己的衣服坐在病床上，而敬雨則在一旁收拾東西。

看到我和朱季陽跑進來，他們兄妹的眼神同時落在我身上。下一秒，敬雨居然笑著對我說：「明怡姊，妳也來接哥哥出院啊！我先去拿藥，等等再上來。」

她邊笑著對我說，邊把站在我身後的朱季陽也一起拉了出去。

這一瞬間，我才知道我被官敬雨給騙了。官敬磊看著我臉上的表情，可能也猜到了是自己妹妹的傑作，只能無奈地搖了搖頭。

病房裡只剩下我和他，原本和他同住的那個爺爺好像已經出院了，病床是空的。我把視線放在他身上，嗯，眼角消腫了，額頭上那道撕裂傷似乎也癒合了一些，下巴的鬍渣刮乾淨了，精神看起來也好多了。

官敬磊也一直看著我。這樣的相視，應該是感到熟悉的，現在卻使人只想迴避。我清了清喉嚨，和他打聲招呼，「身體好多了嗎？」

他看著我點點頭，之後，又是一陣沉默的相視。

「那你回家要好好休養，我要……」我已經不知道要說什麼，確定他沒事，確定這只是敬雨的一場鬧劇後，我覺得我應該要離開了。

「可以再抱妳一下嗎？」官敬磊打斷我的話，他看著我，站起身，然後慢慢張開他的雙手。可能是牽扯到了傷口，他的表情看起來有點痛苦。

我看著他，想起每次重逢時，他也總會這樣張開手，然後笑得十分燦爛地對我說：「親愛的，我們可以先抱一下嗎？」

我深呼吸了一口氣，緩緩走到他面前，溫柔地擁抱了他，動作很輕很輕，因為我很害怕會壓到他還在修復的肋骨。他也抱著我，動作很輕很輕，像是怕一用力，我就成了一道幻影，消失不見。

擁抱了很久，他在我耳旁對我說的第一句話是，「為什麼我們會變成這樣？」

壓抑的眼淚終於還是流了出來。我撫著他的背，難過地說：「我也很想知道，所以我們都需要放開彼此，去找到答案。」

他鬆開我，然後摸著我的臉，擦去我的眼淚，用著讓我無法拒絕的眼神對我說：「要我放開妳，妳知道有多難嗎？」

我摸著他的臉，心痛地對他說：「你都能在雲南蓋小學了，這對你來說，有什麼難的？」

他沒有回答我，只是深深地吻了我，用十分嚴肅的語氣，「不要去別人那裡。」

「就算你之後交了別的女朋友，娶了老婆有了小孩，我也不能去別人身邊？」我覺得他的話很好笑，又讓人有點生氣。

他居然很不要臉地點頭。

「你作夢。」我淡淡地說。

他笑了笑，再次伸手擁抱著我，嘆了口氣，「我到現在還是不能理解，我們為什麼要分手？」

我在他懷裡微笑。

我相信時間會給我們答案。為什麼我們會把這段戀愛談的這麼糟糕？為什麼明明深愛彼此，卻又不停地彼此傷害？為什麼越是在對方身邊，卻越覺得對方離自己好遠？

那些愛情裡的十萬個為什麼，越是身在其中，越是沒有答案。

原以為這是我和官敬磊分手後的和解，但沒想到當敬雨和朱季陽回到病房後，官敬磊就再也沒有看過我一眼了。整理好東西，朱季陽幫忙提著出院的行李，我們到了計程車站，官敬磊先上了車，敬雨轉過身給了我一個擁抱。

她偷偷告訴我，「明怡姊，騙妳是我不對，但我看我哥實在是太想妳了，只好這麼做。妳不要生我的氣，拜託。」

我摸了摸她的頭，「我沒生氣。」謝謝她使出這種下流的手段，至少我和官敬磊總算有一種告一段落的感覺，沒有留下怨恨。或許會有遺憾，但我已心滿意足，能為將來的自己邁開腳步。

敬雨開心地對我揮手說了再見，順便再威脅一下站在我旁邊的朱季陽，「離明怡姊遠一點，有沒有聽到？」

真的很難想像，長得這麼可愛的女孩子，講起這樣子的話還真的滿殺的。我看到朱季陽嚇得緩緩退後兩步。

敬雨也上了車，而官敬磊最終仍沒有對我說一句再見。

我只能看著計程車駛離我的視線，然後我在心裡悼念起我的初戀和我的最愛。

我相信，找到答案後的我們，才能真正面對自己的人生。

於是，我帶著輕鬆的心情到了花蓮。一下車，卻看到母親站在對面街道上對我猛招手。我驚訝地看著母親，還有走到她旁邊一臉開心的姊姊。一轉到綠燈，母親牽著姊姊的手往我的方向走過來。

我驚訝地看著這一幕，上小學後，父親就以訓練獨立自主為理由，不准母親抱我們，也不准她牽我們，我們小一的時候，就要自己走二十分鐘的路程去上學。

「嚇到了嗎？」姊姊笑說。

我點點頭，看著母親，「媽怎麼也來了？」

姊姊馬上開口幫母親解釋，「因為我跟媽說妳要來啊！媽就馬上搭昨天晚上的車來這裡，這可是我們第一次母女三人一起度假耶！」

「可是爸呢？」他怎麼能允許母親離開他的視線？更何況，他現在根本還沒有原諒姊姊離婚的事，也還沒有原諒我。

母親非常灑脫地說：「不要管他了，他可以不要女兒，但是我要。如果他不滿意我，那我就在這裡住啊，看他想怎樣，就隨便他了。」

這言論簡直快要把我嚇死，這聽在父親耳朵裡是多麼的大逆不道？

姊姊看著我吃驚的表情，笑著說：「因為妳失戀太忙了，我根本沒時間跟妳聊天，等等再告訴妳全部的事。」

我用著更驚訝的表情看向姊姊，我的事都沒有告訴她，她怎麼會知道？

她搭著我的肩，直接回答我臉上的疑惑，「立湘告訴我的啦！連依依和樂晴都輪流打電話給我，叫我要好好注意妳的狀況。」

原來如此，突然覺得，家人和朋友太過親近也是一件滿可怕的事。

我們一起回到姊姊的住處，是在補習班的樓上，房間上去還有一個露天頂樓。姊姊把頂樓布置得非常舒服，種了很多小盆栽，還有很多有機蔬菜，但為了辛苦的母親，我們直接叫了披薩和炸雞外送。

母女三個人坐在頂樓的涼椅上，吃著不健康的食物，看著星空，享受微風陣陣。母親連續吃了三大塊披薩，我緊張地看著她，「媽，妳不要吃那麼快，會胃脹氣的。」

「我在屏東根本吃不到這種東西，妳爸每天都一定要吃米飯的人，這種食物端給他，馬上就讓他給丟進垃圾桶了。」母親說完，又拿了隻炸雞翅吃。

我實在太不能適應母親的改變，看了姊姊一眼，她笑了笑坐到我旁邊，然後小聲地告訴我，她搬到花蓮後沒多久，母親就偷偷來看過她，結果回家被父親責罵，還限制母親外出。她只能偷打電話和姊姊聊天，心情真的很不好時，就只好去上附近的教會。

父親看她上教會，認為上帝不會帶壞母親，所以就放心讓母親參加教會活動。但沒有想到，教會裡有些媽媽組了女人自強會，宗旨就是要所有的女人都要自立自強，還偶爾會 girl's night out。經過這樣的薰陶之後，母親也有了一些改變。

姊姊偷偷在我耳邊說：「只是不知道媽媽會變這麼多就是了，她還說她要出來選下一次的會長。」

ＯＫ，我沒有辦法再吃披薩了，因為我下巴都要掉了。

「好了，妳們姊妹也不用再那裡說我的壞話了，我在妳爸身旁跟了快四十年，他怎樣罵我我都可以忍，但我沒辦法再忍受他這樣欺負我的女兒。以後妳們想幹麼就幹麼，我站妳們這邊。」母親說完，還給了我們一個非常有自信的笑容。

我笑了笑，內心還是覺得非常不可靠。

「爸知道妳上來嗎？」我問。

「當然不知道啊！」母親回答得理所當然。

「那妳不怕爸知道之後會抓狂嗎？」雖然我在花蓮，但我現在幾乎可以聽到父親在屏東怒吼，你這女人……

母親很不以為然地對我說：「怕什麼，這也是跟妳學的，妳自己偷偷填台北的學校，還害我被妳爸罵了整整快一個月……」母親還沒說完，她口袋裡的手機鈴聲在這時響了。她快速地拿出來，按下接聽鍵然後塞給我，「這次換妳代替我被他罵一下！」

我拿著電話，站在原地茫然，結果姊姊和母親笑得好開心。我有一種想回家的感覺，她們根本不是我的姊姊跟媽媽。

「快接啊！」母親指著電話，要我快點反應。

我只好笨拙地拿起話筒。才剛靠近耳朵，父親的聲音就幾乎要貫穿我的耳膜，「妳又跑去花蓮了？妳搞什麼鬼？妳是想學妳女兒離婚是嗎？對，我就是娶到妳這種女人，才會有這種女兒，妳有種就不要給我回來……」

為了不想聽到更難聽的話，我只好開口，「爸。」

他一聽到是我的聲音，愣了一下，馬上說：「我不是妳爸，叫妳媽馬上給我聽電話！」父親氣到整個邏輯都不對了。

「媽她現在肚子痛！」對，但是是笑到肚子痛。

「叫她快點給我回屏東，不然就等著我跟她離婚！」父親下了最後通碟，然後生氣地掛了電話。我看著手上的電話，還是不能適應眼前的狀況。

母親走到我面前，拿走手機，「是不是說我再不回去要跟我離婚？」

我瞪大了眼睛，點點頭。

母親笑了笑，「這話聽到我耳朵都要長繭了。他這種連醬油跟烏醋都不會分的人，不敢跟我離婚的。我當初到底是在怕他什麼啊？」

誰知道？

於是，我們母女三個人，花了整整一個晚上說父親的壞話。我想，他在屏東應該也不會寂寞了。

洗完澡，姊姊把單人床收了起來，我們在地板上鋪了墊子，三個人一起睡在地上。關了燈之後，睡在中間的母親突然轉過身，和側躺的我面對面。這是我有記憶以來，第一次這麼近看著母親。

我有點不適應地想要翻身，但母親伸手摟住我，拍著我背，「妳小時候都要幫妳抓背妳才會睡著，後來妳們長大了，媽不能幫妳們抓背，只能看著妳們的背影。」

我聽著母親的感嘆，不知道該說什麼。

母親把手移到我的臉上，整理散落在我臉上的髮絲。雖然這樣的動作很陌生，我卻有種說不出來的享受。母親突然哽咽地開口，「明怡啊，妳辛苦了！」

微弱的月光從窗戶透了進來，我看到母親的淚水滑落，我嚇了一跳，明明剛剛在頂樓還這麼開心的母親，怎麼一下子就哭了。

「媽，妳不要這樣，我又沒事。」我安慰著她。

「妳努力面對的時候，我都沒有站在妳身旁，每次都看著妳反抗妳爸，還受了傷，媽真的很難過。我那時候應該要再勇敢一點，才能保護妳姊姊還有妳。媽最對不起的人就是妳，最感謝的人也是妳，還好有妳在，我的兩個女兒才能平平安安到現在……對不起啊！」母親突如其來的道歉，打破了我的最後一道防線。

明明那些塵封以久，覺得不在意的委屈，現在竟突然變得鮮明。我也感慨地默默流下眼淚。原來不是不在意，是不敢在意。但我現在真的不會在意了，因為母親的那一句對不起，已經救贖了我。

我和母親擁抱著一起流淚，正當我享受這久違的母愛時，母親突然說：「但妳怎麼會花了十年在同一個男人身上就算了，還沒有結婚？」

「媽，可以不要在這個時候講這件事嗎？」

母親繼續拍著我的背，「好好好不講，明天再講……不過妳不覺得妳滿遜的嗎？」

「媽！」我忍不住開始大聲。

「好好好，不講，但妳怎麼捨得跟他分手啊？」

我真的很想學依依翻白眼，但我不會，只好馬上翻身。母愛只維持了三分鐘，看到我一轉過身，母親還是不停的在我背後自言自語，「欸明怡，妳喜歡他什麼？這十年妳是怎麼撐過來的？」

雖然母親的碎碎唸讓我完全招架不住，內心卻是滿足的……

終於，我和過去滿身瘡痍的自己說了再見。

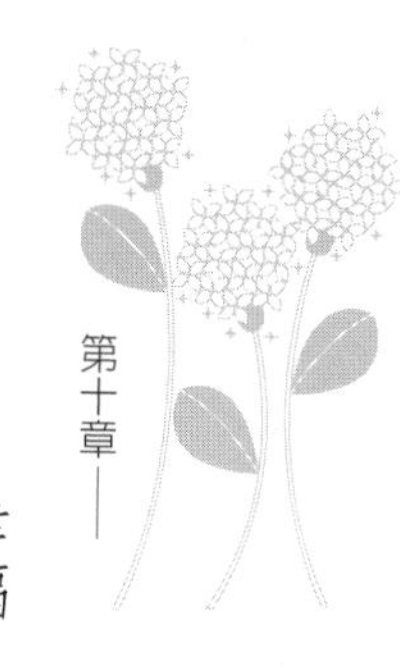

第十章——

幸福，會出現在你懂得自己之後……

我沒有白過，每一天都好好地讓自己面對生活。

後來才發現，生活其實只是一種解決問題的循環，早餐要吃什麼？咖啡要喝什麼口味？明天要穿什麼衣服？好像會下雨，要不要帶傘？客人要入住的房型沒有房間了怎麼辦？從我睜開眼的那一刻，我就在解決人生的所有問題。

有時想想，覺得自己滿厲害的。

就像現在，我已經連續處理了四位ＶＩＰ客人的問題，還得接受母親的騷擾。沒錯，就是騷擾！

因為樂晴在五分鐘前打了電話給我，說我媽目前已入住了我的房間，接收了我新買的歌劇院音響，正在享受我新買的ＤＶＤ。

「媽！妳先關小聲一點！」我在辦公室吼了出來，大家都在看我，我只好跑到逃生梯，再大聲吼一次。

電話那頭的聲音總算清靜了一點。

母親很悠閒地說：「妳下班啦？下班了趕快回來，我們一起去吃飯，那天我上網看到一間新開的日本料理店，網路上的人都說CP值很高。」

是的，我媽居然會用到CP值這三個字，簡直不可思議，她絕對是我看過進化最快的人類。

「我晚上還有約，重點是妳怎麼會跑到我那裡去？妳跟爸又吵架了？」人就是這樣，有一就有二，有了三之後，就有無限的後續，因為你知道第一次沒事，第二次不就也那樣，接下來，你就不會再顧忌什麼了。

母親和父親吵過第一次架後，接下來就吵了無數次架。第一次說要離婚後，三不五時就在鬧離婚。然後每次說好要簽字離婚，結果沒有一次簽成功，卻搞得我和姊姊筋疲力盡。

父親到現在還是沒有原諒姊姊，所以當父母親在屏東吵得太凶，我和姊姊就要回家當和事佬。結果和母親吵架吵到一半，父親還要分心趕姊姊出去。如果我再開口幫姊姊說話，我也會順便一起被趕出去，然後母親又跟父親開始大吵。常常都重複這齣爛戲，鄰居看都不想看了。

非常地荒謬。

不過我偶爾覺得這樣荒謬的日子很有趣，夜深人靜時想起來，還會忍不住笑出來。

但母親沒有先問過我就跑來住在我這裡，我現在還是沒有辦法接受，因為她實在是太可怕了，被囚禁太久的靈魂，突然間釋放就會變得非常失控，而且是極速失控。

「不要再跟我說到妳爸，我只不過煮麵不小心放了香菜，他就拍桌子。怕他肚子餓，我還是上瑜伽課上到一半跑回家煮的。雖然不小心放了他最討厭的菜，但看在我特別跑回家一趟的分上，不應該抱著感恩的心吃下嗎？香菜撈掉就好了，有這麼困難嗎？」母親一口氣整整花了十分鐘跟我抱怨了父親。

為了不再聽下去，我只好說：「好好好，我知道，但是妳不要亂碰我房間的東西，那套音響我還在分期付款，ＯＫ？」

「ＯＫ。」然後她就掛電話了。不管我還有沒有要說什麼，我的母親就這樣掛掉我的電話了。

我馬上想打給姊姊訴苦，才想到：啊，姊姊和新男友去日本旅行。只好默默地把手機再放回口袋，落寞地走回辦公室，想著誰可以來安慰一下我這受到驚嚇的心靈。結果，辦公室的電話響了。

我接了起來，一道俏皮的聲音開始在我耳朵裡吱吱喳喳，「明怡姊，妳在幹麼？妳剛和誰在講電話？為什麼講那麼久？妳不知道我很想妳嗎？妳都不主動打給我，每次都是我打給妳，妳不覺得很不公平嗎？」

我笑了，官敬雨最厲害的就是不管對方怎樣，永遠只會講自己想講的話。

「怎麼啦？Jason 又跟別的女生出去了？」Jason 是敬雨最近暗戀的同班同學，之前他和女朋友分手後，敬雨原以為自己有希望，結果對方說他目前還沒有想再談戀愛。

其實，這句話的白話文就是：老子對妳沒興趣。

敬雨心裡也知道，被拒絕的那天，我聽她哭了足足一個小時。

「管他和誰出去，男人就是不像樣。我要忘記他，我要和隔壁班的韓國留學歐爸去約會，依依姊之前說得對，女人再怎麼喜歡，都不可以自己先開口。我當初就是錯在先開口，讓他覺得我很方便，哼！」敬雨生氣地說。

但，我記得好像是依依先跟尚昱學長告白的耶。

我只能在電話這頭笑，對於愛情這個部分，我還沒有能力幫人家解答什麼。畢竟我的初戀談了十年還無疾而終，無法給誰中肯的建議，也沒有辦法一開口就神回覆。當立湘看著新聞出現「神回覆」這三個字時，她只是淡淡說了，「不是死了上天堂才能當神？怎麼凡間這麼多神？」

的確，像我們這樣的凡人，終究還是得靠自己，解決自己愛情的問題，終結自己的寂寞和孤單。

最後一次聽到官敬磊的消息，是大勇在打電動時無意間說出口，我才知道原來他回去加拿大了。而一星期打了四、五通電話給我的敬雨，卻從來不告訴我官敬磊的消息，雖然我常常總是想脫口而出「妳哥」這兩個字，但都在話吐到舌尖時就狠狠忍住，好幾次都幾乎要咬破自己的舌頭。

就算我再怎麼 google「想知道前男友過得好不好？」或「女人該不該問有關前男友的事？」google 大神也從來沒有正面回覆過我，我只能點著一篇又一篇的文章，享受那種好像搔到癢處又不能止癢的痛苦。

到最後，只能關掉網頁，打開各種售票系統，看看有沒有我想看的戲來轉移注意力。那時候，我才真正的明白，沒有人能夠真的遺忘，而是把回憶藏了起來。最難控制的是，就連自己都不知道什麼時候會突然間想起來。

有時候是聽到我們都喜歡的老歌，有時候是看到我們一起看的電影，有時候是吃到他不喜歡的食物，有時候是走過我們牽手一起走過的路……才發現，我幾乎每一天都會想起官敬磊。

但這種想念並不讓我疼痛，甚至偶爾覺得幸福。

「要真的喜歡，才能夠和人家約會，不然到最後妳受傷，別人也會受傷，知道嗎？」我笑著回答敬雨。

敬雨冷哼了一聲，「我現在覺得喜歡一點都沒有用，妳和我哥也互相喜歡，還不是分手了？」

嗯，電話馬上陷入被 Elsa 冰凍的艾倫戴爾王國，背景音樂唱著 let it go！

過了幾秒，敬雨尷尬地乾笑了幾聲，「明怡姊，我亂說話，妳不要在意喔！妳不會跟我計較吧？我爸說我就是有點白目，妳不要生我的氣喔！」

「幹麼生氣？」我笑了笑，這有什麼好生氣的。

即便我每天都在想念官敬磊，但我一點都不後悔和他分手。因為和他分開，我才真正了解自己，丟掉了等待他的時間和心情後，才開始過著自己的生活。不用擔心他突然回台灣，改變自己的上班時間和生活作息，不用老是盯著手機，深怕自己錯過任何一通來電，也不用再去想我們的未來，只需要想自己明天該怎麼過。

當你真正從那樣的束縛離開，我才會發現，真正捆綁自己的不是這段感情，也不是官敬磊，而是自己。

如果要問我從這段感情了解了自己多少，那我會說，如果一切再重來一次，我會把這段戀愛談得更好，讓自己更享受，讓彼此更快樂。

不過，這也只是如果，因為我和官敬磊已經不可能了。

「沒生氣就好，妳是我的精神糧食耶。」以後敬雨出了社會工作，要是跟她同時期進公司的同事全軍覆沒了，她肯定是唯一一個活得很好的人，超會看臉色。

「少拍馬屁。」我說。

她笑了，「肯定要啊！以後我們相處的機會還那麼多，當然馬屁要拍好啊！對了，明怡姊，妳的生日禮物今天應該會送到喔！」

「不是說好不要送了嗎？郵資那麼貴。」敬雨從上個月開始就一直問我想要什麼生日禮物，一直要她別送東西，有這個心意我就很開心了，更何況我也什麼都不缺啊！

「反正我送了啦！我要去洗澡了，妳收到禮物再告訴我喔！唷呼！」敬雨沒有等我回答，就直接掛掉電話。

最近流行這樣嗎？先掛先贏？

我無奈地掛掉電話，繼續工作。下班時間一到，我快速地換掉制服，穿上小洋裝，拿著外套和包包，然後再回到大廳時，朱季陽已經站在那裡對我揮手微笑。

我也笑著走了過去，「等很久了嗎？」

「兩年了。」他開玩笑地說。

和官敬磊分手了兩年，我還是沒有辦法接受朱季陽，他告訴我，之前我不接受他，他還有理由說服自己說因為我有男朋友。但現在連我單身了都沒有辦法喜歡上他，那真的就是我們兩個沒有緣分。

於是，除了家裡那三位姊妹外，我又多了朱季陽這個朋友，我們常會相約一起看電影或舞台劇。

我笑了笑，這老梗可能得一直用到他娶老婆那天。「走吧！我們先去吃東西好嗎？我快餓扁了！」

「妳中午又沒吃？有妳這種主人，妳的胃真的很可憐耶！」朱季陽從我手上拿走我的小外套，幫我披在肩上。

「因為今天很多VIP入住，所以很忙。」我也很想吃飯啊！

朱季陽對我嘖了一聲，「都是藉口！」然後很豪邁地伸出他的手，搭上了我的肩，把我往大門口帶，接著說：「走！我們快去吃。阿銘乾麵嗎？還是要去吃牛肉麵？」

正當我思索是要吃魯肉飯還是蚵仔麵線時，一道熟悉的身影竟出現在我眼前。我和朱季陽都停住了腳步，迎面走來的那個人，也在距離我一公尺處停了下來。

官敬磊正活生生地站在我的眼前。

我眼睛眨都不敢眨地看著他，他變得不一樣了，不再是那個老穿著舊T恤破牛仔褲，身上總有各種傷痕的大男孩。娃娃臉上不再布滿對世界的反叛和滄桑，頭髮也不再任性地四處亂翹。他穿著乾淨筆挺的西裝，梳著簡單有型的髮型，臉部的線條變得柔和成熟又穩重，像是我從來沒看過的人一樣。

我覺得好陌生。

作夢也沒有想到，我們居然會在這裡，用這個偶像劇都不想用的過氣情節相遇。或者應該是說，我真的沒有想過我和官敬磊會有再相遇的一天。兩年了，七百多個日子，雖然很想念他，也只要他過得好就好，相遇對我來說，是太奢侈的夢想。

忘了google遇見前男友要怎麼打招呼，所以我現在完全不知所措。

倒是朱季陽很自然地對官敬磊說了聲，「嗨！」然後官敬磊也很輕鬆地對朱季陽點點頭，給了他一個微笑，好像全世界尷尬的人只有我。

我還在努力想著要怎麼和官敬磊打招呼時，他已經轉過身，吩咐門房怎麼處理他的行李。他要住我們飯店嗎？看起來好像是，接著他再轉過身，沒多看我一眼，就越過我直接走到櫃檯辦理入住。

對，沒有跟我打招呼，也沒有看我一眼。

我失落地被朱季陽帶上車，滿腦子都是官敬磊。朱季陽這傢伙，還在旁邊吹著口哨，以閒聊的口吻說：「官敬磊變好多喔！」

吃麵時，我完全沒有胃口，默默地在數麵條。他還吃得很大聲，「哇！今天牛肉超嫩的，妳不吃嗎？那我吃囉！」接收我的牛肉麵就算了，還補了我一槍，「官敬磊現在這樣感覺很有魅力耶！」

我覺得還好，我喜歡他以前的樣子，雖然看起來很糟糕，對我來說卻很親切。

我難得瞪了一下朱季陽，他笑了兩聲，快速解決我的牛肉麵。

看舞台劇時，我腦子都是官敬磊的身影。一直到演出結束，朱季陽不停在我耳邊回憶剛剛的劇情，但他說的我都不知道，我不知道自己看了什麼。「妳不覺得女主角演技超好的嗎？她發瘋大笑的那一段超震撼的，怎麼那麼厲害啊！」

「嗯，對啊！」我很沒有誠意地亂回答。

朱季陽看了我一眼，不屑地說：「其實，是官敬磊比較好看，對吧！」

我沒好氣地看著他，「你幹麼一直講到他？」

「因為妳的腦子和妳的表情都寫滿了三個字，叫『官敬磊』。」朱季陽邊說還邊挑了兩下眉，好像自己很強一樣。

「沒有。」我很嚴肅地回答，雖然感覺沒什麼信服力。

他聽著我的回答大笑了幾聲，「有就有，幹麼說沒有，好啦！看到他，會有這樣的現象也是很正常，誰叫妳那麼愛他，連分手那麼久了，還滿腦子都是他。正常啦正常啦！還是我現在送妳回飯店？」

我真的打算拿包包打他。

他突然認真地說：「明怡，有些話，雖然妳不想聽，我還是要說。我知道妳很滿意現在的生活，也過得很好。但說真的，我覺得少了官敬磊，妳就不是完整的妳了。」

朱季陽的話狠狠敲了我的心臟一記，一直到我回到家，還是處於麻痺的狀態。

少了官敬磊的我，就不是全部的我嗎？

我嘆了口氣，準備下車前，朱季陽又調侃我一下，「確定是在這裡下車嗎？不是飯店？」

我用力關上他的車門，算是我對他的回答。然後我上樓，一走進客廳，孫大勇仍然在打電動，而樂晴、依依、立湘，還有我媽四個人正敷著黑面膜，差點把我給嚇死了。

「妳們很可怕耶。」我心臟無力地說。

手指在搖桿上沒停過的孫大勇默默開口，「所以我都不敢回頭啊！我不想去給三太子收驚，他那麼忙。」

沒理會沉浸在讓自己變美的四個人，我好好地洗了個舒服的澡。回到房間，母親正翻著我的衣櫥，看到我進來就開始唸，「女兒啊，媽是不是講過了很多次，衣服穿亮一點，才會有桃花。妳看看妳這白、藍、黑、灰……妳人生有這麼黯淡嗎？」

才想反駁時，手機鈴聲響了。我從包包裡翻出手機來。「喂？」

「Surprise! 收到我的禮物了嗎？」敬雨興奮地說。

「妳等一下。」我走到客廳，問進行第二輪保養的樂晴，「有我的包裹嗎？」

她沒辦法說話，只能搖搖頭。

我把手機放到耳邊，「沒有收到啊。」我回應著敬雨。

「怎麼可能？這時間，照理說應該到了啊！」

「可能明天吧，國際包裹比較不一定能準時。」我邊回答邊走回自己房間，又看著母親從我的櫃子裡面翻出了一個盒子，是很久之前官敬磊送我的鞋子。一直想著要還他，但根本沒有機會。

難道老天爺安排我們碰面，就是為了讓我還他鞋子？

我急著把電話拿開，阻止母親，「媽，妳不要再亂翻了！」

母親拿著鞋子，看著我說：「妳買了好鞋子幹麼不穿了，明明上班就要久站，老是穿那種一雙幾百塊的鞋，底又硬品質又差……」

「明怡姊，妳在聽嗎？怎麼可能沒有收到……」敬雨和母親的聲音不停交錯，我都不知道要聽誰的，整個耳朵一直出現嗡嗡嗡的聲響，搞得我不知道是要先聽母親講，還是聽敬雨說。

我打算先從母親手上搶下鞋子，電話那頭的敬雨卻說：「妳沒有看我哥嗎？我哥這幾天要回台灣出差，順便去祭拜爺爺，他的助理告訴我，哥會住在妳工作的飯店啊！算算時間，你們應該會碰到面啊。」

敬雨的話讓我搶鞋子的動作完全停住，母親看我動也不動，也好奇地定格了，莫名其妙地看著我。

「妳再說一次！」我問著敬雨，想確定自己沒有聽錯，於是一手拿著電話，一手和母親搶著鞋子，等敬雨再重複一次。

「我哥！官敬磊！妳不覺得，在生日前一天遇見舊情人是一件很浪漫的事嗎？」敬雨又開始陷入少女幻想的泡泡裡。

「不覺得！」這次換我掛掉她的電話。想到剛剛相遇的畫面，到底是有哪裡來的浪漫。沒想到敬雨這麼沒有良心，明知道官敬磊要回來，還要住我們飯店，卻沒有事先告訴我，好讓我有心理準備。

趁著母親還定格的時候，我把鞋子搶了過來。

「媽，這雙鞋子是我要還給別人的，妳以後不要再動這雙鞋！」說完後，我就抱著鞋子走到陽台透透氣，覺得今天真的是這兩年來過得最糟糕的一天。

我對著夜色，狠狠嘆了八萬次氣。

依依也走到陽台，端了杯咖啡給我，「白媽媽又惹妳生氣了？」

我把鞋子放在欄杆上，接過依依的咖啡，忍不住苦笑，「我覺得我媽根本不是想報復我爸，她根本就是想報復我。因為我以前太常惹我爸生氣，害她掃到颱風尾，所以現在她都找藉口和我爸吵架，好來台北欺負我。」

依依拍了拍我的肩，「但我覺得，妳滿樂在其中的。」

我笑了笑，誠實地點了點頭。以前覺得吵架很煩，跟父親溝通很累，但真正去面對之後，反而有豁然的開朗，不再凡事要求一個結果，不再覺得吵贏才真的是贏，生活在這個世界上，沒有誰從到輸到尾，也沒有誰永遠都贏，享受過程，反而才是最讓人感到踏實的一刻。

尤其是享受父親崩潰的樣子，我心裡才會踏實地覺得：他也只是個平凡人罷了！

依依接著又指著欄杆上的鞋子，「想拿出來穿啦？我以為妳早就把它丟掉了。」

我看著依依，又嘆了一大口氣後，把今天看到官敬磊的事好好說一遍給她聽。明明只要三秒鐘，把「我今天在公司遇到官敬磊」這句話講出來就可以結束，但我講了至少十分鐘，還不停地對依依抱怨，「他居然沒有跟我打招呼耶！就這樣走了耶！就、這、樣、走、了、耶！」想到當時的狀況，我又忍不住生氣起來。

依依卻笑到手上的咖啡都灑出來了。

「我真的不覺得被前男友無視這件事有這麼好笑。」我看她笑得這麼沒有良心，我有點傷心。

她光笑還不夠，還用手指擦掉她眼角的淚水，笑到流淚，這真的太過分了。我生氣地看著她，但她還是一直笑，然後邊走邊大笑，「白明怡，還以為妳多厲害，原來還是很愛官敬磊的嘛！」

我看著她的背影，非常後悔把這件事告訴她。

不能愛前男友嗎？政府有規定嗎？我還打算就這樣和回憶裡的官敬磊過一輩子就算了，反正我心裡也放不下其他人了。

我只是沒想到，他會這樣再次出現在我的眼前。

接著更後悔的是，我忘了準備耳塞，因為母親的打呼聲真的太可怕了，差不多是同時放十串大龍砲的程度。要嘛安安靜靜，要嘛就劈里啪啦，無預警地在我快睡著時把我嚇醒。

於是我只能精神不濟地吃著早餐，差點把蛋餅塞進鼻孔裡。樂晴看了猛搖頭，「妳昨晚是都沒有睡喔？」

「我媽的打呼聲害我失眠。」我說。

依依笑了笑，露出十分八卦的表情，「妳確定是白媽媽？不是官敬磊？」

一聽到這三個字，飯桌上的樂晴和立湘眼睛馬上瞪超大，樂晴急忙拉著依依問：「是不是有八卦？是不是有八卦？是不是有八卦？」

我懶得理她們，拿起包包就往門口走。樂晴在我後面喊著，「要幫妳過生日，晚上七點半，在妳們飯店十六樓吃飯，妳不要忘了！」

我點了點頭，接著就聽到依依開始說：「明怡昨天遇到官……」我還沒有聽到敬磊兩個字，就馬上把大門關上。聽別人講自己的八卦，心情真的不會太好。

一到飯店換好制服，我馬上走到前檯查昨天入住的狀況。我每天都會注意訂房的動態，怎麼會沒發現官敬磊有訂房間？結果原來是用他助理的名字訂房的，預計停留兩個晚上，意思就是官敬磊只住到今天晚上，難道他明天就要回去了嗎？

這麼快啊？最令我自己不能接受的是：我在失落什麼？

我看著電腦螢幕，忍不住嘆了口氣，「幹麼幹麼！今天妳生日耶，嘆這麼大口氣，是發生什麼事了？」尚昱學長的聲音從我頭頂傳了過來。

我抬起頭，露出超職業的笑容說：「沒事啊。」結果學長和官敬磊的身影一起映入了我的眼簾。我的笑容馬上僵住，花了好幾秒才慢慢收回來。

「我和敬磊要去喝杯咖啡敘舊。」學長一派輕鬆地說著，好像隔壁老王說我要到巷口跟老楊下棋一樣自然。請問一下，他應該用這種語氣說嗎？官敬磊不是老楊，是我前男友耶。

都不考慮一下我的心情嗎？

我不知道該怎麼回答，學長也沒打算等我回答，就直接對我說：「那我們走啦！」接著就和官敬磊一起從我眼前消失。

短短的三分鐘，官敬磊還是沒有和我打招呼。

而且甚至沒有抬頭看我一眼，因為他在滑手機。難道他也在 google 怎麼和前女友打招呼嗎？

誰說女人分手後最無情，官敬磊才是！

一整天我都變得非常敏感而且暴躁，雖然收到了很多生日祝福，連 May 姊都說我的生日禮金福利已經匯到我的帳戶，我還是沒有很開心。難道只有我一個人覺得官敬磊讓我尷尬而已嗎？朱季陽表現得很自然，依依也還笑得出來，就連學長都若無其事。

好吧，只有我自己一個人被過去綁住。

我在辦公室裡整理這個月的工作報告，打一個字刪兩個字，一直到下班換掉制服，報告裡儲存的，只有檔名，其他什麼都沒有。稍微整理之後，我直接搭電梯到十六樓的餐廳。走進去，大家都到齊了。他們開心地對我揮手，我有氣無力地走了過去。

看到我媽穿得全身紅，我坐在她旁邊忍不住問：「媽，今天是我生日，不是我結婚，妳有必要以親家母的造型出場嗎？」

母親一聽到我這麼說，非常不悅地回應我，「高級餐廳耶，女兒，我這套還是下午跟樂晴逛街的時候挑的。」

我看了一眼樂晴，她驕傲地看著我，我只能說這是我和依依還有立湘的錯，我們都沒有人告訴過她，她對時尚的敏感度真的非常不高。

大家點好餐，開始東聊西聊，聊樂晴和大勇結婚後要住哪裡，聊依依和尚昱學長以後要生幾個小孩，聊立湘自己要成立公司，聊朱季陽下星期打算去相親，聊我媽三天就要跟我爸吵一次架，聊我的……嗯，我沒有什麼好聊的。

只能將思緒放空，等待我點的龍蝦和大干貝。

在我放空時，無意間聽到了官敬磊三個字，於是我趕緊回神，尋找聲音的來源。結果看到官敬磊站在桌邊和大勇熱情地擁抱，和樂晴、依依、立湘，甚至是我媽，他也一一點頭微笑打招呼。

我在他眼裡好像穿了哈利波特的隱身斗篷一樣，看不到就是看不到。

寒暄過後，他和同行的其他人坐到隔壁桌，開始用非常流利的英文在講公司的事，我難過地低下頭，喝了口水，不再把視線放在他身上。

「不是妳前男友嗎？怎麼都不打招呼？」母親在我旁邊說著。

因為他眼裡沒有我。

然後樂晴露出少女般不可思議的表情說：「沒想到官敬磊變這麼多，整個人好帥喔！跟以前的流浪漢形象也差太多了吧！」接著轉頭，看向依然穿著領口變鬆的T恤的孫大勇，忍不住搖了搖頭。

孫大勇生氣地說：「妳現在搖頭是什麼意思？」

「意思是我對你是真愛。你看看，你這副模樣，我還是覺得你很可愛。」樂晴轉得超快。

孫大勇滿意地點了點頭，依依接著問他，「大勇，你不是還滿常跟官敬磊聯絡的嗎？他現在在幹麼？」

為什麼要在我的生日宴上討論我的前男友？

過去兩年都沒有人要提，官敬磊就是像那個不能說的名字一樣，大家都很有默契地不在我面前提起。今天是發生了什麼事？是因為我都沒有說話，所以大家都覺得可以拿出來說了嗎？

我不想聽，好嗎？

「他就在他爸公司上班啊！我上個月帶團去加拿大時，我們還約了一起吃飯啊！」大勇回答。

說不想聽的我，還是忍不住把頭髮塞到耳後，想聽得更清楚。

「所以他現在跟他爸和好就是了？」依依繼續問。

「應該吧！不過偶爾還是會吵架，因為他都會拿公司的錢去捐款，他爸就會抓狂。但妳也知道，他都無所謂啊！」大勇喝了口紅酒說。

這點倒是沒變。

接下來，大勇就講著他知道的官敬磊。和我分手後，他還是繼續四處飛，半年後，他父親又病倒，他才回加拿大。原本只是想在父親生病時先幫忙處理公司的事，但當阿財說協會想在越南村落蓋一座小學，可是資金不夠，官敬磊馬上捐錢給協會。那時候他才發現，他以前只能出力，但現在很現實的，他可以出得起錢，發揮更大的效益，從那之後，他就專心在父親的公司工作，目前自己租房子在外面住，每天都為了公事跟父親吵架，跟敬雨媽媽也沒有話講，倒是跟敬雨親近不少。

很好啊，看他現在這樣自信滿滿的樣子，就知道分手後他過得比我好。

哪像我現在，一個好好的生日聚餐，話題都沒有放在我身上過，大家都在講官敬磊，連老媽這個只見過人家一面的也能參與其中，我吃著龍蝦配著白酒，對著空氣，自己和自己過生日，反正也沒有人在意。

「我去一下洗手間。」我對著大家說，嗯，但沒有人聽到，大家依然忘情地聊著官敬磊。

我把餐巾放在桌上，自己離席，無力地走到洗手間，在廁所深呼吸了十三次。洗完手拍了拍臉後，才覺得自己恢復了一點精神，一走出洗手間，我看到了佛地魔……不，看到了官敬磊。

原本也想學他，對他視若無睹，但我不知道被誰附身似的，看著他，忍不住想先開口，學朱季陽那樣自然地舉起手說聲「嗨」。

但我手才舉到一半，他就又快速地從我身旁經過。

我愣在原地，清楚地知道，這樣的感覺不是生氣，而是難過，甚至難過到心口酸澀，眼角緩緩地濕潤。難怪人家會說，能夠和前男友或女友和平相處，那就表示心裡沒有愛了。

但可悲的是，我還有。

回到座位上，我已經沒有胃口，開始喝了起酒，一杯接著一杯。大家聊得非常開心，也沒有在乎我喝了多少，結果要結束時，我才發現我好像有點醉了。

「明怡，妳有這麼 high 嗎？喝到都茫了。」朱季陽看著我說。

High 慘了好嗎？誰能夠過生日吃飯都沒聽到一聲生日快樂！只有我才有，能不 high 嗎？

「女兒，我們家隔壁李媽媽也在台北，媽要過去跟她喝茶，晚一點才回家！妳早點回去休息啊。」老媽抱了我一下，然後好像坐了筋斗雲一樣馬上消失。不是六十幾歲了嗎？怎麼走路速度這麼快？

樂晴接著對我說：「走吧！回家第二攤。」

我搖搖頭，「你們先回去吧，我想去走走，晚點再回家。」

「但我覺得妳有點醉，沒問題嗎？」依依擔心看著我。

我點了點頭，能有什麼問題，跟交往十年的男友都能分得了手的我，還怕有什麼問題啊！

在離開餐廳的前一刻，我又很不爭氣地回頭看了一下官敬磊，他正和朋友聊得很起勁，笑得很開心。我回過頭，走進電梯，離開飯店。走在街上，在心裡不停地罵他。

但也只是很不爭氣地罵了兩句，就罵不下去了。

只能努力調整自己的情緒，每走一步，就告訴自己一次，這樣就好，他過得很好，而我也過得不錯，完美結局，Happy ending! 祝福他接下來的日子也過得很好，因為我也會認真讓自己過得很好。

酒意漸漸散去，我慢慢恢復精神。原本想走著走著再搭計程車回家，沒想到走著走著，已經走到家門前的巷口。

是啊！人生就是這樣，走著走著，目的地就會到的。

當我走到我們家樓下，竟然看見官敬磊站在大門口。我不解地看著他，不明白他現在站在這裡幹麼，而他也終於看了我。我接著看了一下左邊，再看一下我的右邊，再看一下我眼前的他，我怕是我還在茫，站在我前面的官敬磊，只是我的幻覺。

「過得好嗎？」但幻影說話了，真真實實地開口說話了。

當他對我說這句話時，我突然覺得非常生氣，「你在這等我一下。」我冷冷地對他說完，打開大門上了樓，大家都坐在客廳熱絡地聊著天。樂晴還開心地對我說：「明怡，官敬磊在樓下等妳……」看到我的眼神露出殺氣，大家突然都閉上了嘴。

我回到房間把那雙鞋子翻了出來，拿在手上，再快速地走到樓下，把鞋子還給他。

他怎麼好意思對我說「過得好嗎？」請問一下，從昨天到剛剛完全對我視若無睹，然後現在好像對老朋友打招呼。我記得我和他在一起的時候，他根本沒有這種百變的能力啊！現在是怎麼辦到的？

他接了過去，不明白地看著我。

「我過得很好，還有，這雙鞋子還給你，太貴了，不適合我穿。」我說完想要轉身上樓，他在後面對我說：「妳變了。」

我停住腳步，再轉過身看他，也緩緩地對他說：「你才變了。」沒想到他變得可以對我這麼冷淡。

他笑了笑看著我，「我沒有變，一直都沒有變。」

「沒事的話，我先上去了。」在這裡跟前男友討論誰變了這個問題真的很愚蠢。

才一轉身，官敬磊就從後面抱住我。我嚇了一跳，他把頭靠在我的肩上，然後深呼吸一口氣後說：「不過，妳的味道還是沒有變。妳好嗎？妳過得好嗎？」

我轉身掙開他的懷抱，非常生氣，「你怎麼好意思現在來問我過得好不好？從昨天就把我當隱形人，然後今天跑來抱我，問我好不好，你是去哪裡學會先給人一巴掌，再塞糖給人吃的把戲？」

官敬磊突然笑得好開心，然後看著我，「妳變得好會生氣，但怎麼辦？我覺得妳這樣好可愛。」

他才變得顛三倒四好嗎？

我才一有要回家的念頭，他馬上緊張地拉住我的手，趕緊對我解釋，「其實我很緊張！」

我轉過頭看他。

他繼續對我說：「從我決定要回來的那天，我就非常緊張，我不確定妳對我還有沒有感情，所以只好假裝對妳不在意。因為我很害怕，我在妳心裡已經什麼都不是了。」

「那為什麼你現在不害怕了？」才短短不到兩個小時，轉變這麼大。

官敬磊抬頭看了一眼樓上，然後笑著對我說：「依依都告訴我了，謝謝妳沒有忘記我，謝謝妳還愛我……」

我真的很想學鴕鳥找個洞把頭鑽進去，但柏油路實在太硬。

「知道了又怎樣，心裡有你又怎樣？我不能把你放在心裡就好嗎？我又不一定要跟你復合！」我惱羞成怒。

他笑了笑，放開我的手，「我知道，我也沒有打算要復合。」好了，這世界上還有什麼事比我現在更丟臉。

「喔，那就這樣，應該沒有什麼事要說了吧！反正以後就各過各的生活，你看起來過得很好，我就祝福你過得更好……」我實在是不知道自己在講什麼，忘了google怎麼講出讓前男友忘不了的情話，也忘了google怎麼在前男友面前態度瀟灑。

我懷抱著失落的心情準備進門，官敬磊卻突然走到我面前，用著他的娃娃臉對我笑，「我沒有要復合，是因為我想和妳重新戀愛，以現在的官敬磊和現在的白明怡。」

我抬頭，想確定自己剛剛沒有聽錯。官敬磊把鞋盒裡的鞋子拿了出來，蹲在我面前，幫我換上鞋子邊說著，「以前送妳這雙鞋只是想彌補妳，但現在希望妳穿著我送的鞋，和我一起走接下來的路……」他的話，讓我心跳不停地加速，還好是晚上，不然他一定會發現我的臉有多紅。

一起走接下來的路？我們真的可以嗎？

穿好鞋，他站起身，把我抱入懷中，在我耳邊說：「我花了兩年的時間，才找到我們當初為什麼會分開的答案，謝謝妳勇敢地離開我，我才能去面對現實。我愛妳，真的好愛好愛妳。」

他的表白，讓我感動地抱緊了他，回應他，「我也很愛你。」

官敬磊把我抱得更緊，在我享受著這熟悉又讓人心動的擁抱時，臉頰和肩上的衣服又濕了一大片。我下意識摸了摸自己的臉，發現自己的眼淚早就已經停住，那麼現在哭的人是……

我推開官敬磊，果然他哭到連鼻涕都流出來了。我用衣袖幫他擦一擦眼淚，「怎麼又哭了啦？」以前全身髒兮兮的也哭成這樣，現在西裝筆挺也哭成這樣。

「因為我真的很感動。」他邊哭邊說著，像個小孩一樣。

「好了啦，不要哭了。」我再次幫他擦掉鼻涕，但他眼淚還是沒有停，把我摟進懷裡繼續哭，然後邊哭邊告訴我，他這兩年是怎麼過的，說他是怎麼忍住不和我聯絡，說敬雨是如何報復他，不告訴他關於我的近況，說他是怎麼度過每個思念我的晚上，怎麼擔心我不再愛他，還有他是怎麼想像著未來的我們。

我聽到腳發麻也不在意，他說的每一個字、每一句話，我都要好好記住，好彌補這兩年來的空白。

右肩濕透了再換左肩，他的眼淚還是沒有停止，而我內心的激動也和他的眼淚呼應著，原來我和官敬磊都正在忍受寂寞，努力讓自己成為更好的人。

直到他終於停住眼淚，拉著我的手說：「從現在開始，我們要一起再過十年、二十年、三十年，生日快樂，我的明怡。」

手上套了官敬磊送給我的生日戒指，我開心地擁抱著他。

「好了沒？一個是要哭多久，一個是要抱多久，快要十二點了，可以上來切蛋糕了嗎？」依依的聲音突然出現。

我和官敬磊同時轉過頭，大家全都站在樓下大門口，看著我和官敬磊重新相愛的這一幕。官敬磊對我笑了笑，牽起我的手，和大家一起走上樓。

這世界上，沒有做不到的事，包括和相戀十年的前男友復合。

【全文完】

-後記-

決定

分手，常常是人生裡最難做的決定。

要離開一個自己愛了很久的人，是需要無比的勇氣。無論還愛或不愛，決定要離開習慣的現在，去面對未知的將來，其實是一種賭注，因爲我們都不知道未來會如何。

所以，即便是覺得和另一半不太適合，我們也常會找各種理由來說服自己，好讓自己留在當下的狀態，有時候是因爲眞的很愛，有時候只是擔心，分了這一個，下一個會不會更好。

在愛裡，我們經常失去方向感，邊走邊懷疑，這個方向是對的嗎？就算越走越不對勁，也會告訴自己，反正走就對了，結果越走卻離快樂越來越遠。沒有人不會害怕分手，但人要勇敢面對現實。

不管你談了多少次戀愛，分手都還是會痛，可是不管你再如何假裝，現實一樣都在那裡。

只看你願意在什麼時候去面對。

常有人問我，這段感情我還要繼續下去嗎？其實我給不了什麼答案，你們經歷過的一切，哪怕是一則FB私訊，還是一封幾百字的email可以說得清楚，自己的感受永遠是最眞實的。其實自己心裡已經有了答案，不管離開或不離開，要的只是希望得到支持而已。

而當你可以誠實面對自己，問題就會慢慢被解決了。不要害怕分手，那只是戀愛的另一種結果而已。

雪倫

國家圖書館出版品預行編目資料

你的背影 我的孤單／雪倫 著. -- 初版. -- 臺北市：
商周出版：家庭傳媒城邦分公司發行, 民104.5
面： 公分. --（網路小說；245）
ISBN 978-986-272-783-6（平裝）
857.7 104004939

你的背影 我的孤單

作　　者／雪倫
企畫選書人／陳思帆
責任編輯／陳思帆

版　　權／翁靜如
行銷業務／李衍逸、黃崇華
總 編 輯／楊如玉
總 經 理／彭之琬
發 行 人／何飛鵬
法律顧問／台英國際商務法律事務所　羅明通律師
出　　版／商周出版
城邦文化事業股份有限公司
台北市民生東路二段 141 號 9 樓
電話：(02) 25007008　傳真：(02) 25007759
Blog：http://bwp25007008.pixnet.net/blog
E-mail：bwp.service@cite.com.tw
發　　行／英屬蓋曼群島商家庭傳媒股份有限公司城邦分公司
台北市民生東路二段 141 號 2 樓
書虫客服服務專線：(02) 25007718、(02) 25007719
服務時間：週一至週五上午09:30-12:00；下午13:30-17:00
24 小時傳真專線：(02) 25001990、(02) 25001991
劃撥帳號：19863813；戶名：書虫股份有限公司
讀者服務信箱：service@readingclub.com.tw
城邦讀書花園：www.cite.com.tw
香港發行所／城邦（香港）出版集團有限公司
香港灣仔駱克道193號東超商業中心1樓
E-mail：hkcite@biznetvigator.com
電話：(852)25086231　傳真：(852) 25789337
馬新發行所／城邦（馬新）出版集團【Cité (M) Sdn. Bhd.】
41, Jalan Radin Anum, Bandar Baru Sri Petaling,
57000 Kuala Lumpur, Malaysia.
Tel: (603) 90578822　Fax:(603) 90576622
email:cite@cite.com.my

封面設計／黃聖文
版型設計／鍾瑩芳
排　　版／新鑫電腦排版工作室
印　　刷／高典印刷有限公司
總 經 銷／高見文化行銷股份有限公司
電話：(02) 26689005　傳真：(02) 26689790
客服專線：0800-055-365

■ 2015 年（民104）5月 5 日初版 1 刷
■ 2017 年（民106）8月31日初版 5.5 刷

Printed in Taiwan
城邦讀書花園 www.cite.com.tw

定價220元

ISBN 978-986-272-783-6

104台北市民生東路二段141號2樓

英屬蓋曼群島商家庭傳媒股份有限公司　城邦分公司

請沿虛線對摺，謝謝！

書號：BX4245	**書名**：你的背影 我的孤單	**編碼**：

請於此處用膠水黏貼

讀者回函卡

不定期好禮相贈！
立即加入：商周出版
Facebook 粉絲團

感謝您購買我們出版的書籍！請費心填寫此回函卡，我們將不定期寄上城邦集團最新的出版訊息。

姓名：＿＿＿＿＿＿＿＿＿＿ 性別：□男 □女

生日：西元＿＿＿＿年＿＿＿＿月＿＿＿＿日

地址：＿＿＿＿＿＿＿＿＿＿

聯絡電話：＿＿＿＿＿＿＿＿ 傳真：＿＿＿＿＿＿＿＿

E-mail：

學歷：□ 1. 小學 □ 2. 國中 □ 3. 高中 □ 4. 大學 □ 5. 研究所以上

職業：□ 1. 學生 □ 2. 軍公教 □ 3. 服務 □ 4. 金融 □ 5. 製造 □ 6. 資訊
□ 7. 傳播 □ 8. 自由業 □ 9. 農漁牧 □ 10. 家管 □ 11. 退休
□ 12. 其他＿＿＿＿＿＿

您從何種方式得知本書消息？

□ 1. 書店 □ 2. 網路 □ 3. 報紙 □ 4. 雜誌 □ 5. 廣播 □ 6. 電視
□ 7. 親友推薦 □ 8. 其他＿＿＿＿＿＿

您通常以何種方式購書？

□ 1. 書店 □ 2. 網路 □ 3. 傳真訂購 □ 4. 郵局劃撥 □ 5. 其他＿＿＿

您喜歡閱讀那些類別的書籍？

□ 1. 財經商業 □ 2. 自然科學 □ 3. 歷史 □ 4. 法律 □ 5. 文學
□ 6. 休閒旅遊 □ 7. 小說 □ 8. 人物傳記 □ 9. 生活、勵志 □ 10. 其他

對我們的建議：＿＿＿＿＿＿＿＿＿＿

＿＿＿＿＿＿＿＿＿＿

＿＿＿＿＿＿＿＿＿＿

請於此處用膠水黏貼